AF276762

EL INVITADO DE DRÁCULA Y OTROS RELATOS

Bram Stoker

Título: El invitado de Drácula y otros relatos
Título original: *Dracula´s Guest and other Weird Stories*
Autor: Bram Stoker

© Edimat Libros, SA
C/ Primavera, 10, nave 35
28500 Arganda del Rey
Madrid-España
www.edimat.es

Introducción, traducción y notas: Antonio Arroyo de Mena
Diseño e ilustraciones de cubierta: Karakachoff Estudio
Ilustración de cubierta: Andrés Nancul para Karakachoff Estudio

ISBN: 978-84-9794-643-8
Depósito Legal: M-26306-2024

Impreso en España - *Printed in Spain*

INTRODUCCIÓN

El escritor irlandés Bram (Abraham) Stoker (1847-1912) nació en Dublín, fue el tercero de los siete hijos de Abraham Stoker (1799-1875), de origen anglo-irlandés, funcionario público, y de Mathilda Thornley (1818-1901), escritora, también de origen anglo-irlandés. El hogar era del tipo burgués, enfocado al trabajo y a la austeridad, sin poseer fortuna, aunque el mayor de los siete hijos, Thornley Stoker, llegó a ostentar el título, muy exclusivamente británico (toda Irlanda estaba sometida por entonces al dominio y control británicos, con sus títulos y sus instituciones), de *baronet* (el grado inferior de la escala nobiliaria).

Respecto a sí mismo y a su peculiar nombre, dijo: *Soy alto y de constitución pesada, con barba rubia y bonachones ojos azules. Fui nombrado Abraham Stoker, pero desde mi primerísima infancia me han llamado Bram, y he dejado que siga siendo Bram.*

Debido a diversas enfermedades tuvo que guardar cama hasta los siete años de edad y sus primeros estudios los llevó a cabo en su casa con profesores privados. A los siete años experimentó una recuperación completa y comenzó a acudir a la Escuela Bective, institución privada. Sobre esa época dijo el propio escritor: *Yo era reflexivo por naturaleza, y el tiempo libre que me concedió la larga enfermedad me dio la oportunidad de muchos pensamientos que dieron fruto en años posteriores.* Además, durante la cadena de enfermedades, su madre le contaba historias de misterios y fantasmas que luego influyeron muy probablemente en su obra.

Al terminar sus estudios acudió a la famosa y acreditada universidad Trinity College, de Dublín, desde 1864 hasta 1870, donde estudió Derecho y sobresalió como deportista en varias disciplinas deportivas como el rugby, siendo nombrado Atleta de la Universidad. Al parecer, se destacó con brillantez en matemáticas. Fue auditor de la Sociedad Histórica Universitaria y presidente de la Sociedad Filosófica de la Universidad, único caso de alumno en esa universidad que tuvo ambos cargos. Mientras estudiaba trabajó como funcionario en el castillo de Dublín, que era la sede del gobierno británico en Irlanda y donde su padre era funcionario de alto rango. Escribió un primer artículo titulado *El sensacionalismo en la ficción y en la sociedad,* y trabajó en el Servicio Civil Irlandés. Superó el examen de entrada para poder ejercer como abogado en Inglaterra.

Se interesó mucho en el teatro, y se hizo crítico teatral para el *Dublin Evening Mail,* del que era copropietario Sheridan Le Fanu, conocido autor de cuentos góticos[1]. A pesar de que los críticos teatrales estaban poco considerados en la época, Stoker destacó por la calidad de sus reseñas. En 1876 hizo una crítica favorable del famoso actor Henry Irving, quien invitó a cenar a Stoker, haciéndose los dos muy amigos desde entonces. De las narraciones de ficción escritas durante ese período, publicó *La copa de cristal* y *La cadena del destino* en *The Shamrock* («El trébol», la planta es un símbolo nacional de Irlanda). Además, fundó en 1879 el Club de Bocetos de Dublín, por su interés en el campo de las artes plásticas.

En 1878 se casó con Florence Balcombe, aspirante a actriz que era famosa por su gran belleza y anteriormente había sido novia de Oscar Wilde, a quien Stoker había conocido en sus tiempos universitarios y a quien propuso para ser miembro de la Sociedad Filosófica. Wilde se enojó mucho por esto, pero Stoker reanudó la amistad con él y lo apoyó cuando fue condenado en Inglaterra y desterrado «al Continente».

El matrimonio se instaló en Londres, donde en principio él ejerció de secretario personal de Irving, llegando más adelante a ser gerente y luego director de negocios del *Lyceum Theatre,* propiedad del actor, puestos que ocupó a lo largo de veintisiete años. La colaboración con Irving, el actor más famoso de la época, fue muy importante para Stoker, que se encargaba de la correspondencia del actor y otras ayudas personales, lo acompañaba en muchas de sus giras y estuvo a su lado al morir. Por su admiración al actor, sus recuerdos se llevaron al libro de 1906 *Recuerdos personales de Henry Irving.* En esa colaboración de tantos años, Stoker dirigía uno de los teatros con más éxito de Londres y por mediación de Irving había entrado en contacto con la alta sociedad de la ciudad, llegando a conocer a grandes personajes,

---

[1]   La Real Academia de la Lengua Española define *gótico* como: *Variedad de relato de misterio, fantasía y terror que aparece a finales del siglo XVIII.*

como el escritor sir Arthur Conan Doyle (con quien estaba emparentado lejanamente), y Hall Caine, que se hizo uno de sus más íntimos amigos y a quien dedicó su novela *Drácula*. Irving era un masón activo y Stoker se hizo miembro de la orden, siendo iniciado en febrero de 1883, ascendido en abril de ese mismo año, y elevado al rango de Maestro Masón en junio.

En diciembre de 1879 nació su único hijo, Noel. Mientras estuvo en Inglaterra, Stoker escribió varias novelas y relatos cortos. Su primer libro de ficción, *Bajo el crepúsculo,* fue publicado en 1881.

En el transcurso de las giras de Irving por todo el mundo, Stoker viajó con él, aunque nunca por el este de Europa, que es donde sitúa su novela más famosa, *Drácula.* Visitó los Estados Unidos y fue invitado junto con el actor, muy popular en el país, a visitar dos veces la Casa Blanca, conociendo a los presidentes William McKinley y Theodore Roosevelt. Dos de las novelas de Stoker están situadas en el país, y varios personajes suyos son norteamericanos. En esos viajes conoció también a uno de sus ídolos literarios, Walt Whitman, a quien en 1872 había escrito una carta muy especial, en la que algunos ven la expresión de una homosexualidad fuertemente reprimida (Whitman era conocidamente homosexual).

Mientras trabajaba como secretario y director del *Lyceum Theatre* de Irving, empezó a escribir novelas, como *El paso de la serpiente,* 1890, y *Drácula,* 1897. Formaba parte del equipo literario del periódico *The Daily Telegraph* de Londres y escribió otras obras de ficción, como *La dama de la mortaja,* 1909, y *La guarida del gusano blanco,* 1911. Tras la muerte de Irving publicó su libro de recuerdos del actor en 1906, obra que tuvo mucho éxito y buena acogida del público. Dirigió también el *Prince of Wales Theatre* (Teatro del Príncipe de Gales) en varias producciones.

Bram Stoker era persona muy viajera, y fue un visitante asiduo a Cruden Bay, en Escocia, entre 1892 y 1910. Sus vacaciones de un mes en la costa de Aberdeenshire le proporcionaban el tiempo para escribir sus libros. Stoker situó dos de ellos en Cruden Bay, *The Watter's Mou* («La boca del agua»), 1895, y *El misterio del mar,* 1902, y la zona aparece en algunos de sus relatos.

Antes de escribir *Drácula*, Stoker conoció a Ármin Bámbéry (en realidad, Hermann Bamberger), famoso orientalista judeo-húngaro, quien le contaba viejas historias de los Cárpatos que quizá influyeron en su creación, aunque esto ha sido puesto en duda actualmente. En 1895 empezó a escribir *Drácula,* su novela más famosa, en el hotel Kilmarnock Arms, donde se hospedaba. El cercano castillo de Slains proporcionó probablemente el escenario para las descripciones del castillo de Drácula: una de las salas del castillo Slains es octogonal, coincidiendo con la habitación octogonal del castillo en la novela. Stoker empleó varios años investigando el folclore del centro y el este de Europa sobre las historias mitológicas de vampiros. Según algunas fuentes, hoy muy disputadas, el personaje del conde Drácula se basa en la persona real del príncipe de Valaquia Vlad III, nacido como Vlad Draculea pero más conocido como «Vlad el Empalador» (Vlad Tepes, en rumano).

Es una novela del tipo epistolar, como una recopilación de anotaciones en diarios, telegramas, cartas y recortes de periódicos para añadir un toque de realismo a la narración. La novela refleja la lucha entre el bien y el mal. Oscar Wilde dijo de ella que era la obra de terror (obra «gótica») mejor escrita de todos los tiempos, y también «la novela más hermosa jamás escrita», y recibió elogios de varios escritores, entre ellos Arthur Conan Doyle. En la época de su publicación se consideró «una novela de horror muy directa», basada en creaciones imaginarias de lo sobrenatural que dieron forma a una fantasía universal y se hicieron parte de la cultura popular. La novela fue un súperventas editorial a lo largo del siglo xx y toda una inspiración para varias películas, empezando ya en 1922 por el *Nosferatu* de Murnau.

Entre los numerosos relatos cortos y las dieciocho novelas que escribió, cabe señalar también el curioso libro *Impostores famosos,* en el que sostiene la teoría de que la reina Isabel I de Inglaterra, la Reina Virgen, era en realidad un hombre disfrazado. Stoker creía en el Progreso y tuvo un agudo interés por la Ciencia y la Medicina basada en la ciencia. Algunas de sus novelas representan ejemplos primitivos de la ciencia-ficción, como *La dama de la mortaja.* Tenía también mucho interés en lo oculto, sobre todo el mesmerismo desarrollado por el médico Franz Anton Mesmer, pero despreciaba los fraudes frecuentes y creía en la superioridad del método científico sobre la superstición.

Su listado de obras incluye también *El hombro de Shasta* (1895), *La señorita Betty* (1898), *El hombre* (1905), *La señora Athlyne* (1908),

La guarida del gusano blanco (1911), y los títulos *Muerte entre bastidores* y *Drácula: la cúspide del horror*.

Después de sufrir una serie de ataques, Bram Stoker murió en Londres el 20 de abril de 1912. La causa de su muerte está bajo discusión, algunos biógrafos la atribuyen al exceso de trabajo y el agotamiento consiguiente, otros a la sífilis de tipo terciario. En su certificado de fallecimiento figura que la causa de la muerte fue debida a la «ataraxia locomotriz», lo que se supone que es una referencia indirecta a la sífilis. Sus restos fueron incinerados y expuestos en una urna en el crematorio Golders Green del norte de Londres.

Dos años después, en 1914, su viuda, Florence, que también era su albacea literario, publicó una edición póstuma de *El invitado de Drácula y otros relatos* como parte de una recopilación de narraciones cortas, no relacionadas entre sí. La mayoría de los eruditos cree que los editores entresacaron la primera narración que da título a la compilación del manuscrito original de *Drácula*. Asimismo, bajo su supervisión y la del hijo de ambos, apareció en 1925 una versión más reducida (veintiocho capítulos en lugar de los cuarenta originales) de la novela *La guarida del gusano blanco,* cuya primera versión había tenido muchas críticas y reseñas negativas.

EL INVITADO DE DRÁCULA Y OTROS RELATOS

El invitado de Drácula. Es el primero de los relatos compilados es *El invitado de Drácula y otros relatos.* La acción se desarrolla en la noche de Walpurgis, la noche del 30 de abril, la «noche del espanto y del horror» en la que los muertos salen de sus tumbas y caminan. El protagonista —que británicamente dice que la noche de Walpurgis «no les afecta a los ingleses»— decide adentrarse esa noche especial, en la que no cree, en una población abandonada, contra la opinión del cochero alemán que lo lleva. Allí visita el cementerio, empieza una gran tormenta de nieve, se refugia en un mausoleo y es sorprendido por una criatura medio demoníaca de la que lo salva un grupo de soldados. Los soldados lo llevan de vuelta al hotel y el director del mismo le muestra una nota del mismo Drácula en la que le recomienda que lo cuide mucho.

La casa del juez. Un joven quiere prepararse para un duro examen y para ello busca el aislamiento en algún pueblo pequeño, alejado del bullicio de la ciudad, donde no conozca a nadie y nadie interrumpa su estudio. El agente inmobiliario lo lleva a una casa prácticamente abandonada, pues nadie quiere vivir allí, la casa de un antiguo juez, muy duro e implacable. El joven se instala allí, pero sin conocer la historia del juez, ante la alarma de algunos vecinos del pueblecito. Ve en un cuadro un retrato de ese juez, muerto hacía décadas. La casa está llena de ratas que con sus ruidos distraen al joven, que decide hacer algo. Descubre a una grande, especial, mucho más maligna que las demás. Hay una lucha en la que el joven queda apresado por una especie de visión del juez muerto.

La *squaw.* La acción se sitúa en el Nuremberg de la época. Una pareja joven recién casada está de visita y se hacen amigos de un norteamericano típico, experimentado y atrevido. Juntos van de visita a la parte más antigua de la ciudad, donde se halla la Virgen de Hierro, antiguo instrumento medieval de tortura. El norteamericano arroja una piedra para asustar a un gatito que juega con su madre. Por error de cálculo, el gatito muere y la madre (la *squaw)* gata busca una venganza, que consigue horrorosamente a través de esa Virgen de Hierro.

El secreto del oro creciente. Historia de dos familias vecinas y rivales, las dos de antiguo linaje y orgullosas de él, pero las dos en decadencia. De una de ellas queda sólo un representante, y de la otra, dos, una pareja de hermano y hermana muy mal avenidos. Discuten, y ella se va a la casa del vecino. Hay amargas peleas entre ellos y un día se van de viaje. Ella, rubia como el oro, tiene un accidente y desaparece. Los dos hombres disputan y el hermano acusa al vecino de la muerte de la hermana, que se le aparece en forma de espectro. El vecino, oficialmente viudo, se casa de nuevo y encarga trabajos de renovación de la casa. Una piedra de chimenea será el objeto de la venganza de la hermana.

Una profecía gitana. En una pareja de recién casados, el hombre decide ir con su amigo, que los visita, a un campamento gitano. Allí le dicen una buenaventura que horroriza a la gitana que la pronuncia, pues ve a la joven esposa tendida en el suelo y al marido con las manos ensangrentadas, acusándole entonces de asesinato. Al enterarse de ello, la joven esposa toma toda clase de precauciones para impedir que se cumpla esa profecía.

La venida de Abel Behenna. Un pueblo de pescadores y dos amigos y vecinos de la misma edad que se enamoran de una misma muchacha. Como ella no se decide por ninguno, deciden jugarse a suertes quién habrá de marcharse con todo el dinero que tienen entre los dos, comerciar con él, y regresar al pueblo en el plazo de un año. Se casará con ella el que de los dos esté presente el día señalado.

El entierro de las ratas. Viaje de un arrogante joven inglés por la Ciudad de la Basura de París. Por imposición de los padres de ella, el joven debe pasar un año alejado de la muchacha que ama. Entonces decide viajar a París para hacer más soportable la idea. Cuando ya ha recorrido y se ha aburrido de los lugares más emblemáticos, decide hacer una visita a los alrededores de la ciudad y da con la Ciudad de la Basura. Allí conoce a todo tipo de gentes, arrambladas por la sociedad o por el Ejército, que ejercen el oficio de traperos. Al final, es codiciosamente perseguido por varios de ellos, que quieren robarle. En cierto momento descubrimos a qué se refiere el autor con el rápido entierro de las ratas.

Un sueño con manos rojas. Narración en primera persona, aparentemente es el autor mismo quien nos habla y nos cuenta la historia de un hombre que cometió un delito de sangre y que esa sangre lo atormenta en sueños. El narrador quiere ayudarlo y lo visita en su soledad y aislamiento para combatir sus pesadillas. El hombre de las pesadillas se marcha, y tiempo después el narrador lo encuentra en una situación que parece haberlo redimido de su crimen.

Arenas de Crooken. Es la historia de un hombre y su obsesión con el traje tradicional escocés. Encarga uno muy elaborado, e insiste en llevarlo puesto en su lugar de vacaciones con la familia, a pesar de la irrisión que provoca y del ridículo que sienten su mujer y sus hijos. Hay un incidente en un pozo de arenas movedizas de la playa, del que lo salva un marinero. Al final, decide desprenderse del traje, cuando recibe noticias de la desaparición del sastre que se lo hizo, también obsesionado con el traje, en una especie de acción paralela que sugiere la leyenda del *doppleganger,* el «doble» que se dice que todos tenemos en el mundo.

EL INVITADO DE DRÁCULA Y OTROS RELATOS

EL INVITADO DE DRÁCULA

Cuando salimos para nuestro viaje, el sol brillaba intensamente en Munich y el aire estaba lleno de la alegría de principios del verano. Justo cuando estábamos a punto de salir, el señor Delbrück (el director del hotel Cuatro Estaciones, donde yo estaba alojado) bajó, sin sombrero, al carruaje y, después de desearme un viaje agradable, le dijo al cochero mientras mantenía su mano en la manilla de la puerta del vehículo:

—Recuerde que tiene que estar de vuelta al anochecer. El cielo está radiante, pero en el viento del norte hay un temblor que dice que puede haber una tormenta repentina; pero estoy seguro de no llegará usted tarde —en ese momento sonrió, y añadió—: porque usted sabe lo que es esta noche.

Johann respondió con un enérgico, «Ja, mein Herr!»[1], y tocándose el sombrero se alejó rápidamente. Cuando hubimos salido de la ciudad, le indiqué que se detuviera y le dije:

—Dígame, Johann, ¿qué es esta noche?

Se persignó y respondió lacónicamente: «la noche de Walpurgis»[2]. Luego sacó su reloj, un anticuado objeto alemán de plata, tan grande como un nabo, y lo miró, con las cejas juntas y un encogimiento de hombros un poco impaciente. Me di cuenta de que esa era su manera de protestar respetuosamente por ese retraso innecesario y volví a meterme en el carruaje haciéndole un simple gesto con la mano para que continuase. Empezó a moverse rápidamente, como para compensar el tiempo perdido. De cuando en cuando los caballos alzaban la cabeza y olisqueaban el aire con recelo. En esas ocasiones yo miraba frecuentemente alrededor, alarmado. La carretera estaba bastante desolada, pues estábamos atravesando una especie de meseta alta y barrida por

---

[1]   Sí, señor.

[2]   La noche del 30 de abril. En el folclore alemán, celebración de los poderes oscuros y reunión de brujas, conocida también como «noche de espantos y brujas».

el viento. Cuando viajábamos vi una carretera que parecía poco utilizada y que se hundía a través de un valle pequeño y retorcido. Su aspecto era tan invitador que, incluso a riesgo de ofenderlo, le dije a Johann que se detuviese y, cuando se echó a un lado, le dije que me gustaría ir por esa carretera. Puso toda clase de excusas y se persignó frecuentemente mientras hablaba. Eso picó de alguna manera mi curiosidad, así que le hice varias preguntas. Él respondió como si estuviese haciendo esgrima conmigo y miró repetidamente a su reloj en protesta. Por último, dije:

—Bueno, Johann, yo quiero ir por esa carretera. No le pediré que venga a menos que usted quiera, pero dígame entonces por qué no quiere ir, eso es todo lo que le pido.

Como respuesta, pareció que se hubiese arrojado fuera de la cabina, de lo rápido que llegó al suelo. Extendió las manos hacia mí y me suplicó no ir. Hubo bastante con su inglés entremezclado de alemán para que yo comprendiese la idea general de lo que dijo. Era como si siempre estuviese justo a punto de decirme algo, cuya idea era evidente que lo asustaba, pero cada vez se detenía, diciendo mientras se persignaba: «¡Noche de Walpurgis!».

Intenté discutir con él, pero me era difícil razonar con un hombre cuando yo no conocía su idioma. La ventaja estaba ciertamente en manos de él, porque aunque empezó por hablar en inglés, de una clase muy rudimentaria y chapurreada, siempre se agitaba y se pasaba a su lengua nativa, y cada vez que lo hacía, miraba su reloj. Entonces los caballos se pusieron inquietos y olisquearon el aire. Ante eso él se puso muy pálido y, mirando a su alrededor de manera asustada, saltó hacia delante de repente, los tomó de las bridas y los llevó unos cinco o seis metros más allá. Yo lo seguí y le pregunté por qué había hecho eso. Como respuesta, se persignó, indicó el punto que habíamos dejado y llevó el carruaje en dirección a la otra carretera. Señaló una cruz de piedra y dijo, primero en alemán y después en inglés: «Enterrado él... el que mató sí mismos».

Recordé la antigua costumbre de enterrar a los suicidas en los cruces de caminos[3]. «¡Ah!, ya veo, un suicida. ¡Qué interesante!». Pero,

---

[3]   El suicidio se consideraba pecado, y se enterraba a los suicidas en los cruces de caminos con una estaca atravesada en el cuerpo.

16

por mucho que lo intenté, no pude adivinar por qué estaban asustados los caballos.

Mientras estábamos hablando, oímos un ruido como entre un aullido y una llamada de atención. Estaba muy lejos, pero los caballos se pusieron muy inquietos y a Johann le llevó mucho tiempo aquietarlos. Estaba pálido y dijo: «Suena como lobo, pero lobos no aquí ahora».

—¿No? —le dije, inquisitivo—. ¿No hace mucho desde que los lobos estuvieron tan cerca de la ciudad?

—Mucho, mucho —respondió—, en primavera y verano, pero con nieve lobos aquí estado no mucho hace.

Mientras él acariciaba a los caballos intentando calmarlos, unas nubes negras pasaron rápidamente por el cielo. La luz del sol se apagó y una ráfaga de viento frío giró sobre nosotros. Sin embargo, fue sólo una ráfaga, y más del tipo de aviso que de hecho, porque el sol salió brillantemente otra vez. Bajo su mano levantada, Johann miró al horizonte y dijo:

—Tormenta nieve, mucho de antes viene.

Entonces volvió a mirar su reloj y enseguida, sujetando las riendas con firmeza —pues los caballos seguían pateando inquietamente el suelo con sus cascos y sacudían las cabezas—, subió al pescante como si hubiera llegado la hora de continuar nuestro viaje.

Yo me sentí un tanto obstinado y no me metí en el carruaje inmediatamente.

—Dígame algo —dije— del lugar adonde lleva esa carretera —y se la señalé.

Volvió a persignarse y musitó una plegaria antes de responder: «Es profano».

—¿Qué es profano? —le pregunté.

—El pueblo.

—Entonces, ¿hay un pueblo?

—No, no, cientos años nadie allí vive.

Mi curiosidad se picó.

—Pero usted ha dicho que allí había un pueblo.

—Había.

—¿Y dónde está ahora?

Con lo cual él estalló en una larga historia en alemán e inglés, tan mezclados entre sí que no pude comprender muy bien lo que dijo exactamente, pero más o menos me enteré de que hacía mucho tiempo, cientos de años, los hombres habían muerto allí y fueron enterrados en sus tumbas, que de día se oían ruidos y que cuando volvieron a abrir las tumbas encontraron a los hombres y las mujeres sonrosados de vida y las bocas rojas de sangre. Y así, con prisa por salvar la vida (¡y sus almas, sí! —y entonces se persignó) los que quedaban huyeron a otros lugares, donde los vivos vivían y los muertos estaban muertos y no... no algo. Era evidente que decir las últimas palabras lo asustaba. Conforme seguía adelante con su narración, se puso cada vez más agitado. Era como si su imaginación se hubiese apoderado de él, y terminó en un completo paroxismo de miedo, con la cara blanca, sudando, temblando y mirando a su alrededor, como si esperase que alguna presencia terrible se manifestase allí, bajo la brillante luz del sol en la llanura abierta. Por último, en una agonía de desesperación, exclamó:

—¡Noche de Walpurgis!

Y señaló al carruaje para que me metiera en él. Ante esto, se alzó mi sangre inglesa, me eché para atrás y dije:

—Usted está asustado, Johann... Usted está asustado. Váyase a casa, yo volveré solo, el paseo me sentará bien.

Abrí la portezuela del carruaje, agarré del asiento mi bastón de roble, que llevaba siempre en las excursiones que hacía en las vacaciones, y cerré la portezuela; señalé hacia Munich y dije:

—Váyase a casa, Johann, la noche de Walpurgis no les afecta a los ingleses.

Los caballos estaban ahora más inquietos que nunca y Johann estaba intentando retenerlos, mientras me suplicaba con excitación que no hiciera algo tan insensato. Tuve lástima del pobre hombre por lo profundamente en serio que hablaba, pero a pesar de todo no pude evitar reírme. Su inglés había desaparecido ahora, en su preocupación se había olvidado de que su único medio de hacerse comprender era hablar en mi lengua, de modo que parloteó en su alemán nativo. Empezaba a ser un poco tedioso. Después de darle la orden, «¡a casa!», me di la vuelta y bajé desde la encrucijada por el valle.

Con un gesto de desesperación, Johann le dio la vuelta a los caballos hacia Munich. Me apoyé en el bastón y lo vigilé. Por un rato él fue despacio por la carretera, entonces llegó a la cima de la colina un hombre alto y delgado. Pude ver todo eso desde lejos. Cuando ese hombre se acercó a los caballos, éstos empezaron a dar saltos y coces y luego a chillar de terror. Johann no pudo retenerlos, se echaron a correr por la carretera, escapándose alocadamente. Los seguí hasta perderlos de vista y entonces busqué al hombre extraño, pero vi que él también se había ido.

Con corazón ligero me metí por la carretera lateral a través del profundo valle al que se había opuesto Johann. Que yo pudiera ver, no había ni el más mínimo motivo para que se opusiera a ello, y apuesto a que anduve durante un par de horas sin pensar en el tiempo ni en la distancia, y ciertamente sin ver ni personas ni casas. En lo referente al lugar, era la desolación misma; pero no noté eso de una manera especial hasta que, al seguir una curva de la carretera, llegué al borde de un bosque desperdigado, entonces reconocí que estaba impresionado inconscientemente por la desolación de la zona a través de la que había pasado.

Me senté a descansar un rato y empecé a mirar alrededor. Me llamó la atención el que hiciese considerablemente más frío que lo que había hecho al inicio de mi paseo. Me rodeaba una especie de ruido susurrante, y de cuando en cuando, muy por encima de mi cabeza, había una especie de rugido amortiguado. Miré hacia arriba y me di cuenta de grandes y espesas nubes se movían rápidamente por el cielo de norte a sur, a gran altura. Había señales de la tormenta que se acercaba en alguna capa elevada del aire. Yo tenía un poco de frío, y pensando que era por haberme quedado sentado y quieto después del ejercicio de la marcha, reanudé mi viaje.

El terreno por el que pasaba ahora era mucho más pintoresco. No había ningún objeto impactante que el ojo pudiera distinguir, pero el encanto de la belleza estaba en todo. Le hice poco caso a la hora, y sólo después, cuando el crepúsculo que avanzaba se me echó encima, empecé a pensar en encontrar mi camino a casa. La luminosidad del día había desaparecido. El aire estaba frío, y era más marcado el paso de las nubes flotantes arriba en lo alto. Las acompañaba una especie de ruido impetuoso muy lejano, a través del que llegaba a intervalos ese aullido misterioso que Johann había dicho que venía de un lobo. Vacilé por un rato. Yo había dicho que vería el pueblo abandonado, así que seguí adelante y al poco llegué a una amplia zona de terreno abierto, rodeado de colinas por todo alrededor. Sus faldas estaban cubiertas de árboles que se esparcían hasta la llanura, salpicando en grupos las laderas y las leves hondonadas que asomaban aquí y allá. Seguí con la mirada la sinuosa carretera, y vi que se torcía cerca de uno de los grupos más densos y se perdía detrás de él.

Cuando miraba, llegó un estremecimiento frío en el aire y empezó a caer la nieve. Pensé en los kilómetros y kilómetros de desolador territorio que había pasado, y entonces me apresuré a buscar el refugio del bosque que tenía enfrente. El cielo se hacía cada vez más oscuro, y la nieve caía más deprisa y más densa, hasta que la tierra que tenía delante y alrededor de mí fue una reluciente alfombra blanca, cuyo borde más lejano se perdía en una vaga neblina. Allí la carretera era más rudimentaria, y cuando el nivel de sus límites no era tan marcado como cuando pasaba a través de los cortados, al poco rato vi que debía haberme apartado de ella, porque bajo mis pisadas no sentía la superficie dura y mis pies se hundían más profundamente en la hierba y el musgo. Entonces el viento se hizo más fuerte y sopló con una fuerza creciente, hasta que corrí con agrado delante de él. El aire se volvió helado, y a pesar del ejercicio empecé a padecerlo. La nieve caía entonces muy espesa y daba vueltas a mi alrededor en unos torbellinos tan rápidos, que apenas podía mantener los ojos abiertos. De cuando en cuando, los cielos se despedazaban con rayos brillantes y con sus resplandores pude ver ante mí una gran masa de árboles, principalmente tejos y cipreses[4], todos ellos pesadamente revestidos de nieve.

Estuve pronto bajo la protección de los árboles y allí, en el silencio relativo, pude oír las ráfagas de viento muy arriba. En aquel momento, la negrura de la tormenta se mezcló con la oscuridad de la noche. Por un rato pareció que la tormenta estaba pasando, sólo venía en soplos o ráfagas violentas. En esos momentos, el extraño sonido del lobo tuvo el eco de muchos sonidos semejantes a mi alrededor.

De cuando en cuando, a través de la masa negra de las nubes a la deriva, llegaba un rayo suelto de luz de luna que iluminaba el territorio y me mostraba que estaba en el borde de una densa masa de cipreses y tejos. Cuando la nieve dejó de caer, salí del refugio y empecé a investigar más atentamente. Me daba la impresión de que entre los muchos cimientos antiguos que había pasado podría haber todavía una casa en pie en la que pudiese encontrar alguna clase de refugio por un tiempo,

---

[4]   Árboles que suelen plantarse en los cementerios.

aunque estuviese en ruinas. Cuando rodeé el borde de la arboleda vi que a su alrededor había un muro bajo, lo seguí y al poco tiempo encontré una abertura en él. Allí formaban los cipreses un pasaje que llevaba hacia la masa cuadrada de alguna clase de edificio. Sin embargo, en cuanto lo vi, las nubes a la deriva oscurecieron la luna y pasé por el camino en la oscuridad. El viento debía haberse hecho más frío, pero había esperanza de refugio y fui ciegamente a tientas por el camino.

Me detuve, porque hubo una quietud repentina. La tormenta había pasado y, quizá en afinidad con el silencio de la naturaleza, fue como si mi corazón hubiese dejado de latir. Pero eso fue sólo momentáneamente, porque de repente la luz de la luna se abrió paso entre las nubes y me mostró que estaba en un cementerio y que el objeto cuadrado que había ante mí era una tumba de mármol grande y maciza, tan blanca como la nieve que había sobre ella y a todo su alrededor. Con la luz de la luna llegó un violento suspiro de la tormenta, que reanudaba su curso con un larguísimo aullido, como de muchos perros o lobos. Yo estaba asombrado e impactado, y noté que el frío crecía en mí hasta que me agarró del corazón. Entonces, mientras la oleada de luz de luna caía aún sobre la tumba de mármol, la tormenta dio más muestras de que se renovaba, como si se hubiera dado la vuelta sobre sus pasos. Impulsado por alguna clase de fascinación, me acerqué al sepulcro para ver qué era y por qué se alzaba sola una cosa así en tal lugar. Caminé a su alrededor, y sobre la puerta estilo dórico, leí en alemán:

CONDESA DOLINGEN DE GRATZ
DE STYRIA
BUSCADA Y ENCONTRADA MUERTA
1801

En la parte de arriba de la tumba, atravesando el mármol macizo —pues la estructura estaba compuesta de unos pocos bloques macizos de piedra— había un gran pincho o estaca de hierro. Al ir a la parte trasera vi, grabado en grandes letras rusas:

Los muertos viajan aprisa

Había algo tan extraño y tan insólito en todo aquello, que me dio un susto y me hizo sentir muy débil. Por primera vez empecé a desear haber seguido el consejo de Johann. En ese momento me asaltó un pensamiento que vino bajo circunstancias misteriosas y con una conmoción terrible. ¡Esta era la noche de Walpurgis!

La noche de Walpurgis, cuando, según la creencia de millones de personas, el diablo andaba en circulación, cuando se abrían las tumbas y los muertos salían de ellas y caminaban. Cuando todas las cosas malas de la tierra, y el aire y el agua, estaban de fiesta. Este era el lugar mismo que evitaba especialmente Johann. Este era el pueblo abandonado hacía siglos. Esto era donde estaba el suicidio y este era el lugar donde yo estaba solo, amedrentado, temblando de frío en una mortaja de nieve, ¡y con una tormenta salvaje reuniéndose otra vez sobre mí! Me costó toda mi filosofía, toda la religión que me habían enseñado y todo mi valor no derrumbarme en un paroxismo de miedo.

Y ahora, todo un tornado estalló sobre mí. El suelo tembló como si miles de caballos retumbasen sobre él. Esta vez la tormenta traía sus alas heladas, no de nieve, sino de grandes piedras de granizo que caían con la misma violencia que si hubiesen venido de las cintas de los honderos baleares[5]. Esas piedras de granizo derribaban hojas y ramas y hacían que el refugio de cipreses no fuera más útil que si sus troncos fueran tallos de maíz. Al principio corrí hacia el árbol más cercano, pero pronto salí de allí con gusto y busqué el único lugar que ofrecía refugio, la portada dórica de la tumba de mármol. Allí, acurrucado contra la puerta de bronce macizo, conseguí cierto grado de protección de los golpes de las piedras de granizo, porque ahora sólo iban contra mí cuando rebotaban desde el suelo y desde los lados del mármol.

Al apoyarme en la puerta, ésta se movió ligeramente y se abrió hacia dentro. En aquella despiadada tormenta hasta el refugio de una tumba era bienvenido, y yo estaba a punto de entrar cuando llegó el destello de un rayo bifurcado que iluminó todo el cielo. Como mis ojos estaban hechos a la oscuridad de la tumba, en ese instante vi, tan seguro como que soy hombre, una mujer muy hermosa, de redondeadas mejillas y rojos labios, dormida sobre un ataúd. Cuando estalló el trueno por encima, fui agarrado como por la mano de un gigante y arrojado a la tormenta de fuera. Todo aquello fue tan repentino que, antes de que me diese cuenta del golpe, tanto moral como físico, me vi bajo las piedras de granizo que me golpeaban. Al mismo tiempo

---

[5] Antiguo cuerpo de ejército formado esencialmente por mercenarios, famosos por el uso militar de las hondas.

tuve la extraña y dominante sensación de que no estaba solo. Miré a la tumba, justo entonces llegó otro destello cegador que golpeó la estaca de hierro que superaba la tumba y se vertió a la tierra, volando y derrumbando el mármol como en un estallido de llamas. La mujer muerta se alzó por un momento de agonía mientras la lamieron las llamas, y su penetrante grito de dolor se ahogó en el estruendo del trueno. Lo último que oí fue esa mezcla terrible de sonido, ya que fui atacado otra vez por ese agarre gigante y me arrastró afuera, mientras me golpeaban las piedras de granizo y el aire de alrededor reverberaba con el aullido de los lobos. Lo último que recuerdo haber visto era una difusa masa blanca que se movía, como si todas las tumbas a mi alrededor hubiesen enviado los fantasmas de sus amortajados muertos y se estuvieran viniéndoseme encima a través de la blanca neblina del granizo que caía.

Poco a poco vino un tenue inicio de consciencia, luego una sensación de fatiga que fue terrible. Durante un rato no me acordé de nada, pero mis sentidos volvieron poco a poco. Mis pies estaban sumamente atormentados de dolor, ya no podía moverlos, estaban como dormidos. Tuve una sensación helada en la parte de atrás del cuello y en la columna, y mis oídos, igual que mis pies, ya estaban dormidos por aquel tormento, pero en mi pecho hubo una sensación de calidez que era deliciosa en comparación con todo lo demás. Fue como una pesadilla, una pesadilla física, si puede utilizarse esa expresión, porque algún gran peso sobre mi pecho me hacía difícil respirar.

Ese período de casi letargia duró mucho tiempo, y cuando desapareció debí haberme dormido o desmayado. Entonces llegó una especie de asco, como el principio del mareo, y un deseo salvaje de librarme de algo, no sabía de qué. Una gran estridencia me rodeaba, como si el mundo entero estuviese dormido o muerto, sólo interrumpido por el jadeo de algún animal cercano a mí. Sentí algo duro y cálido en mi garganta, y luego llegó la consciencia de la horrible verdad, que me heló el corazón y que envió la sangre a que se levantase hacia mi cerebro. Un animal grande estaba echado sobre mí y ahora me lamía la garganta. Yo tenía miedo de moverme, ya que un instinto de prudencia me ordenó que me quedase quieto; pero el animal se dio cuenta de que ahora había algún cambio en mí, pues levantó la cabeza. A través de las pestañas vi por encima de mí los dos ojos llameantes de un lobo gigantesco. Sus afilados colmillos blancos relucieron en la roja boca entreabierta, y pude sentir su cálida respiración, violenta y acre, sobre mí.

Durante otro rato no recordé nada. Entonces fui consciente de un gruñido grave seguido por un ladrido, renovados una y otra vez. Entonces oí muy lejos un «¡sus!, ¡sus![6]» como de muchas voces llamando al unísono. Subí la cabeza cautelosamente y miré en la dirección desde donde vino el sonido, pero el cementerio me bloqueaba la vista. El lobo seguía ladrando de una extraña manera, y un resplandor rojizo empezó a moverse alrededor del bosquecillo de cipreses como si estuviese siguiendo al sonido. Conforme se acercaban las voces, el lobo ladraba más deprisa y con más fuerza. Yo temía hacer cualquier sonido o movimiento. El resplandor rojizo se acercó sobre el blanco paño mortuorio que se extendía a mi alrededor en la oscuridad. Entonces, desde más allá de los árboles llegó al trote inmediatamente un grupo de jinetes con antorchas. El lobo se levantó de mi pecho y se dirigió al cementerio. Vi que uno de los jinetes (soldados, por sus gorras y sus largas capas militares) levantaba su carabina y apuntaba. Un compañero suyo le desvió el arma y oí que la bala pasaba zumbando sobre mi cabeza. Evidentemente había tomado mi cuerpo por el del lobo. Otro divisó al animal cuando se escabullía, e hizo un tiro. Entonces, la tropa fue adelante al galope, algunos hacia mí, otros siguiendo al lobo cuando desapareció entre los cipreses vestidos de nieve.

Cuando se acercaron intenté moverme, pero fui incapaz, aunque podía ver y oír todo lo que pasaba a mi alrededor. Dos o tres soldados saltaron de los caballos y se pusieron de rodillas a mi lado. Uno de ellos me levantó la cabeza y puso la mano sobre mi corazón.

—¡Buenas noticias, compañeros! —gritó—. ¡Todavía le late el corazón!

Entonces me vertieron coñac en la garganta, eso me dio vigor y pude abrir mis ojos del todo y mirar alrededor. Luces y sombras se movían entre los árboles y oí a los hombres llamarse unos a otros. Se acercaron juntos, pronunciando exclamaciones asustadas; las luces destellaron cuando vinieron los demás, inundando el cementerio desordenadamente como hombres poseídos. Cuando los más alejados

---

[6] Grito para los perros en la caza.

llegaron cerca de nosotros, los que estaban a mi alrededor les preguntaron con impaciencia:

—Bueno, ¿lo habéis encontrado?

La respuesta sonó precipitadamente:

—¡No! ¡No! ¡Alejémonos deprisa... deprisa! ¡Este no es un lugar para estar, y menos aún en esta noche, entre todas!

«¿Qué era eso?», fue la pregunta, formulada en toda clase de tonos. La respuesta llegó diversamente y completamente indefinida, como si los hombres estuviesen movidos por algún impulso común de hablar, pero estuviesen restringidos por algún miedo común a expresar sus pensamientos.

—Eso era... eso era... ¡de verdad! —farfulló uno, cuyo ingenio lo había abandonado por el momento.

—Un lobo... ¡pero no era un lobo! —dijo otro temblorosamente.

—Es inútil intentarlo sin la bala sagrada —comentó un tercero de una manera más corriente.

—Había sangre en el mármol roto —dijo otro tras una pausa—; el rayo no la trajo aquí. Y en cuanto a él, ¿está a salvo? ¡Mirad su garganta! ¿Lo véis, compañeros?, el lobo ha estado echado sobre él y mantenía su sangre caliente.

El oficial miró mi garganta y replicó:

—Él está muy bien, la piel no está atravesada. ¿Qué significa todo esto? No lo habríamos encontrado nunca de no ser por los ladridos del lobo.

—¿Qué se ha hecho de él? —preguntó el hombre que me sujetaba en alto la cabeza y que parecía el menos afectado por el pánico, pues sus manos eran firmes y sin temblores. Llevaba en la manga el galón de suboficial.

—Se fue a su casa —respondió el hombre, cuya larga cara estaba pálida y que temblaba realmente de terror mientras miraba atemorizado a su alrededor—. Ahí hay tumbas suficientes en las que pueda estar. ¡Vamos, compañeros, vámonos rápido! Dejemos este lugar maldito.

El oficial me levantó hasta una postura sentada mientras pronunciaba unas órdenes, y después varios hombres me colocaron sobre un caballo. Él saltó a la silla detrás de mí, me tomó en sus brazos, dio la orden de avanzar, y volviendo las caras lejos de los cipreses, viajamos en un orden rápido y militar.

Como mi lengua se negaba todavía a hacer su trabajo y estaba callado a la fuerza, debí haberme quedado dormido, porque lo siguiente que recuerdo fue verme de pie, apoyado por un soldado a cada lado. Era casi pleno día, y al norte se reflejaba una mancha alargada y rojiza de luz solar, como un camino de sangre sobre la desolación de la nieve. El oficial les estaba diciendo a los hombres que no dijeran nada de lo que habían visto, excepto que habían encontrado a un extranjero inglés guardado por un perro grande.

—¡Un perro! Eso no era un perro —cortó el hombre que había mostrado tanto miedo—, creo que reconozco a un lobo cuando lo veo.

El joven oficial respondió con calma:

—He dicho un perro.

—¡Un perro! —reiteró el otro irónicamente; resultaba evidente que su valor ascendía con el sol, y dijo señalándome:

—Mire su garganta. ¿Es eso la obra de un perro, jefe?

Levanté instintivamente la mano a la garganta y al tocarla grité de dolor. Los hombres se agruparon alrededor para mirar, algunos se bajaron de las sillas, y otra vez vino la voz calmada del joven oficial:

—Un perro, como he dicho. Si dijéramos cualquier otra cosa, sólo se reirían de nosotros.

Entonces me montaron detrás de un soldado y llegamos a los suburbios de Munich. Allí nos cruzamos con un carruaje solitario al cual fui izado y que salió al hotel Cuatro Estaciones. El joven oficial me acompañaba, mientras un soldado nos seguía con su caballo y los otros volvían a sus acuartelamientos.

Cuando llegamos, el señor Delbrück bajó corriendo las escaleras tan rápido, que resultaba claro que había estado mirando desde dentro. Me sujetó con las dos manos y me llevó dentro solícitamente. El oficial me saludó y se daba la vuelta para retirarse, cuando reconocí su propósito e insistí en que viniese a mis habitaciones. Con un vaso de vino, le di las gracias calurosamente a él y a sus valientes compañeros por haberme salvado. Él replicó sencillamente que se alegraba mucho y que el señor Delbrück tenía que dar los pasos el primero para complacer al grupo de la búsqueda, con cuya expresión ambigua sonrió el director del hotel, mientras el oficial alegó el deber y se retiró.

—Pero, señor Delbrück —le pregunté—. ¿Cómo y por qué ha sido que los soldados estuviesen buscándome?

Se encogió de hombros, como para devaluar su propio acto mientras replicaba:

—Fui lo bastante afortunado como para conseguir permiso del comandante del regimiento en el que serví para pedir voluntarios.

—Pero, ¿cómo sabía usted que me había perdido? —le pregunté.

—El cochero llegó aquí con los restos de su carruaje, que se había volcado cuando huyeron los caballos.

—Pero con toda certeza usted no enviaría un grupo de soldados de búsqueda a cuenta de eso solamente...

—¡Oh, no! —respondió—. Pero incluso antes de que llegase el cochero recibí este telegrama del Boyar, cuyo invitado es usted.

Se sacó del bolsillo un telegrama que me dio, y leí:

Sea cuidadoso con mi invitado, su seguridad es muy valiosa para mí. Si le ocurriera cualquier cosa, o si se perdiese, no ahorre nada para encontrarlo y garantizar su seguridad. Él es inglés y, por lo tanto, aventurero. A menudo hay peligros por la nieve, los lobos y la noche. No pierda un momento si sospecha que recibe algún daño. Yo respondo de su celo con mi fortuna.

DRÁCULA.

Mientras yo sujetaba en la mano el telegrama, la habitación se puso a dar vueltas a mi alrededor, y si el atento director del hotel no me hubiera sujetado, creo que me habría caído. Hay algo tan extraño en todo esto, algo tan sobrecogedor y tan imposible de imaginar, que en mí creció la sensación de que de algún modo yo era el juego de dos fuerzas opuestas, cuya sola vaga idea me paralizaba de alguna manera. Indudablemente, yo me hallaba bajo alguna forma de protección misteriosa. Desde un lejano país, y en el momento preciso, había llegado un mensaje que me puso lejos del peligro del sueño en la nieve y de las fauces del lobo.

LA CASA DEL JUEZ

Cuando se acercó la hora de su examen, Malcolm Malcolmson se decidió a ir a algún lugar para leerlo por sí mismo. Temía las atracciones de la playa, y también temía un aislamiento rural completo, porque de antiguo conocía sus encantos, de modo que se decidió a encontrar algún pueblo pequeño y sin pretensiones donde no hubiese nada que lo distrajera. Se abstuvo de pedir sugerencias a ninguno de sus amigos, porque razonaba que cada uno de ellos le recomendaría algún lugar que supiera y donde ya tuviese conocidos. Como Malcolmson deseaba evitar a personas a las que no tenía deseos de agobiar con la atención a los amigos de los amigos, se decidió a buscar un lugar por sí mismo. Preparó un baúl de viaje con algunas ropas y todos los libros que necesitaba, y luego compró un billete para el primer nombre que no conociera en el horario local.

Cuando al final de tres horas de viaje se apeó en Benchurch, se sintió satisfecho por haber borrado sus huellas hasta el momento, para estar seguro de tener una oportunidad tranquila de proseguir sus estudios. Fue directamente a una posada que había en aquel pequeño y dormido lugar, y se alojó para la noche. Benchurch era un pueblo con mercado y una vez cada tres semanas estaba excesivamente lleno de gente, pero para el resto de los veintiún días era tan atractivo como un desierto. Al día siguiente de su llegada, Malcolmson echó un vistazo para intentar encontrar algún alojamiento con más aislamiento que lo que incluso una posada tan tranquila como «El buen viajero» podía proporcionar. Hubo sólo un lugar que le gustase y que satisfacía definitivamente sus ideas más locas respecto al silencio; en realidad, silencio no era la mejor palabra que aplicarle, desolación era el único término que expresaba una idea apropiada a su aislamiento. Era una casa vieja, llena de rincones y pesadamente construida de estilo jacobino, con fuertes gabletes y unas ventanas atípicamente pequeñas y colocadas más altas que lo que se acostumbraba en ese tipo de casas, y estaba rodeada de una alta tapia de ladrillo de maciza construcción. En realidad, al examinarla tenía más aspecto de casa fortificada que de vivienda común. Pero todas esas cosas le gustaban a Malcolmson. «Aquí está el mismísimo lugar —pensó— que había estado buscando, y sólo con que pueda tener la oportunidad de utilizarlo, estaré contento. Su alegría aumentó cuando se percató más allá de toda duda de que la casa no estaba habitada en ese momento.

De la oficina de Correos consiguió el nombre del agente inmobiliario, que se quedó sorprendido como pocas veces por la solicitud de alquilar una parte de la vieja casa. El señor Carnford, abogado y agente inmobiliario local, era un viejo caballero afable y confesó francamente su deleite porque alguien estuviese dispuesto a vivir en esa casa.

—Por decirle a usted la verdad —dijo el agente—, yo estaría muy contento, en nombre de los propietarios, de dejar que alguien tenga la casa sin pagar alquiler por un plazo de años, aunque sólo fuese para acostumbrar a la gente de aquí a verla habitada. Ha estado vacía por tanto tiempo, que ha crecido algún tipo de prejuicio absurdo sobre ella, y la mejor manera de derribarlo es con su ocupación, y ojalá —añadió con una mirada maliciosa a Malcolmson— que por un estudioso como usted, que desea su silencio por algún tiempo.

Malcolmson pensó que era innecesario preguntar al agente por el «prejuicio absurdo», pues sabía que podía conseguir más información sobre ese asunto en otros lugares si la necesitaba. Pagó sus tres meses de alquiler, el agente le dio un recibo y el nombre de una mujer mayor que probablemente se comprometería a «hacerle» las cosas, y él salió con las llaves en el bolsillo. Fue entonces con la propietaria de la posada, que era una persona muy alegre y muy amable, y le pidió consejo sobre las tiendas y las provisiones que era más probable que necesitase. Ella levantó las manos al cielo de sorpresa cuando le dijo dónde iba a establecerse.

—¡No será en la casa del juez! —dijo ella y se puso pálida cuando él habló.

Le explicó la localización de la casa, diciendo que no sabía su nombre. Cuando hubo terminado, ella respondió:

—Sí, es seguro... ¡es seguro que es ese mismo lugar! ¡Es la casa del juez, seguro!

Él le pidió que le hablase del lugar, por qué se llamaba así y qué había en contra de la casa. Ella le dijo que se llamaba así localmente porque muchos años antes —cuántos no podría decirlo, ya que era de otra parte del país, pero creía que debían ser cien o quizá más— fue la residencia de un juez al que se le tenía pánico a cuenta de sus duras sentencias y su hostilidad contra los presos en el tribunal. En cuanto a lo que hubiera contra la casa misma, ella no lo sabía. Había preguntado a menudo, pero nadie había podido informarla, aunque había la sensación general de que allí había «algo» y que por su parte no aceptaría todo el dinero del banco de Drinkwater para quedarse sola en la casa ni una hora. Luego se disculpó con Malcolmson por su inquietante conversación.

—Es demasiado malo por mi parte, señor, y usted, que es un caballero joven también, si me perdona que se lo diga, y usted va a vivir allí completamente solo. Si fuera usted mi muchacho, y me excusará que se lo diga, no dormiría ni una sola noche allí, ¡aunque tuviese que ir yo misma a tirar de la gran campana de alarma que está en el tejado!

La buena mujer era tan manifiestamente sincera y tan amable en sus intenciones, que Malcolmson, aunque divertido, se conmovió. Le dijo cuánto le agradecía su interés por él, y añadió:

—Pero, querida señora Witham, ¡de verdad que no tiene que preocuparse por mí! Un hombre que está leyendo para su doctorado en Matemáticas tiene mucho en lo que pensar para que lo molesten ninguno de esos misteriosos «algos», y su trabajo es de un tipo tan exacto y tan prosaico como para no permitirle tener algún rincón en su mente para misterios de ningún tipo. «¡Las Progresiones Armónicas, las Permutaciones y Combinaciones y las Funciones Elípticas ya tienen suficientes misterios para mí!». La señora Witham se comprometió amablemente a hacerse cargo de su servicio, y él se fue a buscar a la señora mayor que le habían recomendado. Cuando volvió a la casa del juez con ella, tras un intervalo de un par de horas, encontró que la propia señora Witham lo esperaba con varios hombres y muchachos que llevaban paquetes, y un hombre de la tapicería con una cama en una carreta, pues ella dijo que, aunque las mesas y las sillas podrían estar todas muy bien, una cama que no se había aireado tal vez en cincuenta años no era apropiada para que huesos jóvenes se tumbaran en ella. Era evidente que ella sentía una gran curiosidad por ver el interior de la casa, y aunque estaba tan manifiestamente asustada de los «algos» que al ruido más leve se agarraba a Malcolmson, a quien no dejó ni por un momento, recorrió toda la casa.

Después de su examen de la casa, Malcolmson decidió ocupar como su residencia el gran comedor, que era lo bastante grande como para que sirviese para todas sus necesidades, y la señora Whitam, con la ayuda de la limpiadora, la señora Dempster, se puso a arreglar las cosas. Cuando se trajeron los cestos y se desempaquetaron, Malcolmson vio que, con una previsión muy amable, ella le había enviado de su propia cocina provisiones suficientes para unos cuantos días. Antes de irse manifestó toda clase de buenos deseos, y en la puerta se volvió y dijo:

—Y señor, como la habitación es grande y tiene corrientes de aire, tal vez fuese bueno tener uno de esos biombos grandes para ponerlo alrededor de la cama por la noche, aunque, a decir verdad, ¡yo me moriría si tuviese que estar tan encerrada con toda clase de... de «cosas» que asomasen la cabeza por los lados o por encima para mirarme!

La imagen que había evocado fue demasiado para sus nervios y se marchó sin miramientos.

La señora Dempster resopló de modo arrogante cuando desapareció la casera, y comentó que por su parte no estaba asustada de ninguno de los cocos del reino.

—Le diré lo que es, señor —dijo ella—, ¡los cocos son toda clase y tipo de cosas, menos cocos! Ratas y ratones, y bichos, y puertas chirriantes, y baldosas sueltas, y cristales rotos, y tiradores de cajones tiesos que se quedan fuera cuando una tira de ellos y luego se caen en mitad de la noche. ¡Mire el revestimiento de madera de la habitación! Es viejo, ¡tiene cientos de años! ¿Cree usted que no hay ratas y bichos ahí? ¿Y se imagina, señor, que no va a ver a ninguno de ellos? Las ratas son los cocos, ya le digo, y los cocos son ratas, ¡y no tiene que pensar nada más!

—Señora Dempster —dijo Malcolmson con seriedad, haciéndole una educada inclinación—, ¡sabe usted más que un *wrangler*[7] experto! Y deje que le diga que, como una señal de estima por su indudable salud de mente y de corazón, cuando me vaya le daré posesión de esta

---

[7] O sea, el primero de la clase de los que superaban el examen.

casa y dejaré que esté aquí durante los dos últimos meses de mi arrendamiento, porque me bastará con cuatro semanas para mi objetivo.

—¡Muchas gracias por su amabilidad, señor! —respondió ella—, pero no puedo dormir fuera de casa ni una noche. Estoy en la organización benéfica de Greenhow, y si durmiese una noche fuera de mis habitaciones, perdería todo lo que tengo para vivir. La regla es muy estricta y hay demasiada gente esperando una vacante como para que yo corra algún riesgo en ese asunto. Sólo por eso, señor, vendré aquí con mucho gusto y lo atenderé enteramente durante su estancia.

—Mi buena señora —dijo apresuradamente Malcolmson—, he venido aquí con el propósito de conseguir soledad, y crea que estoy agradecido a Greenhow por haber organizado así su admirable organización benéfica, sea la que sea, ¡por la que se me niega a la fuerza la oportunidad de padecer tal forma de tentación! ¡Ni el mismo San Antonio podría ser más inflexible en ese punto!

La mujer se rio de modo desagradable.

—Ah, ustedes, jóvenes caballeros —dijo— no le temen a nada, y aquí tendrá toda la soledad que quiera.

Se puso a trabajar en la limpieza y al caer la noche, cuando Malcolmson regresó de su paseo —él siempre llevaba uno de sus libros para estudiarlo mientras caminaba— encontró la habitación barrida y caldeada por un fuego que ardía en la vieja chimenea, la lámpara encendida y la mesa preparada para la excelente comida de la señora Witham. «Esto es comodidad de verdad», se dijo frotándose las manos.

Cuando acabó su cena y se llevó la bandeja al otro extremo de la gran mesa de roble del comedor, sacó otra vez sus libros, puso más leña en el fuego, rebajó la lámpara y se puso a un rato de trabajo difícil. Así siguió sin pausa hasta más o menos las once, cuando se detuvo un momento para arreglar el fuego y la lámpara, y hacerse una taza de té. Siempre había sido un bebedor de té, y durante su vida universitaria se había quedado sentado trabajando hasta tarde y había tomado tés tardíos. El resto era un gran lujo para él, y lo disfrutó con una sensación de facilidad exquisita y voluptuosa. El fuego renovado saltaba y brillaba, arrojando curiosas sombras por la gran habitación; y cuando se bebía a sorbitos el té caliente, se deleitó con la sensación de estar aislado de los de su clase. Fue entonces cuando empezó a darse cuenta por primera vez del ruido que hacían las ratas.

«Sin duda alguna —pensó— no han estado con eso todo el rato que estuve leyendo. De haber estado, ¡tendría que haberme dado cuenta!». Y ahora, cuando el ruido aumentó, se calmó pensando que de verdad era nuevo. Era evidente que al principio las ratas habían estado asustadas por la presencia de un extraño, por la luz del fuego y por la lámpara, pero según pasaba el tiempo se habían hecho más atrevidas y ahora se estaban entreteniendo según su costumbre.

¡Qué ocupadas estaban! ¡Y atención a los ruidos raros! Corrían, roían y arañaban arriba y abajo detrás del viejo revestimiento de madera, sobre el techo y bajo el suelo. Malcolmson sonrió para sí cuando recordó lo que había dicho la señora Dempster, «los cocos son las ratas, y las ratas son los cocos». El té empezó a tener su efecto de estímulo intelectual y nervioso, vio con gozo otro largo rato de trabajo que hacer antes de que pasara la noche, y con la sensación de seguridad que eso le dio, se permitió el lujo de echar una buena mirada por la habitación. Agarró la lámpara con una mano y fue por todo alrededor, preguntándose por qué una casa vieja tan singular y tan hermosa había estado descuidada por tanto tiempo. El tallado en el roble de los paneles del revestimiento era bueno, y alrededor de las puertas y las ventanas, y en ellas, era muy hermoso y de excepcional mérito. Sobre las paredes había algunos cuadros viejos, pero estaban tan cubiertos de polvo y suciedad, que no pudo distinguir ningún detalle de ellos, aunque sostuvo la lámpara tan alto como pudo por encima de la cabeza. Conforme iba por todo alrededor, vio que aquí y allá había alguna grieta o agujero, bloqueados por un momento por la cara de una rata, cuyos radiantes ojos relucían en la oscuridad, pero desaparecía en un instante, seguida de un chillido y un correteo. Sin embargo, lo que más lo afectó fue la cuerda de la gran campana de alarma del tejado, que colgaba del techo en un rincón de la habitación, al lado derecho de la chimenea. Acercó a la chimenea una gran silla de roble tallado de respaldo alto y se sentó para tomarse su última taza de té. Al terminar, se ocupó del fuego y regresó al trabajo, sentado a la esquina de la mesa con el fuego a su izquierda. Durante un rato las ratas lo molestaron de alguna manera con sus continuos correteos, pero se acostumbró al ruido, lo mismo que uno se acostumbra al tictac de un reloj de pared o al rugido del agua en movimiento, y se metió tanto en su trabajo que todo lo demás en el mundo, excepto el problema que intentaba resolver, dejó de existir para él.

De repente levantó la cabeza, con su problema todavía sin resolver, y había en el aire esa sensación de la hora de antes del amanecer que es tan temida por la vida incierta. El ruido de las ratas había cesado. De hecho le pareció que debía haber cesado hacía sólo un momento y que fue su cese repentino lo que lo había molestado. El fuego había disminuido, pero todavía arrojaba un resplandor rojo profundo. Al mirar se sorprendió a pesar de su sangre fría.

Allí, sobre la gran silla de roble tallado y respaldo alto del lado derecho de la chimenea, estaba sentada una rata enorme que le lanzaba continuamente una mirada asesina con ojos malignos. Él hizo un movimiento como para echarla, pero la rata no se movió. Entonces hizo un movimiento como de arrojarle algo. Siguió sin moverse, pero mostró furiosamente sus grandes dientes blancos, y sus crueles ojos brillaron a la luz de la lámpara con resentimiento añadido.

Malcolmson estaba asombrado. Se hizo con el atizador de la chimenea y corrió hacia ella para matarla. Sin embargo, antes de que él pudiese golpear, la rata, con un chillido que sonó como la concentración del odio, saltó al suelo y, corriendo por la cuerda de la campana de alarma, desapareció en la oscuridad de más allá del alcance de la lámpara de pantalla verde. Instantáneamente, por extraño que sea decirlo, los correteos ruidosos de las ratas en el revestimiento empezaron otra vez.

En ese momento, la mente de Malcolmson estaba muy lejos del problema, y como un cacareo estridente de fuera le dijo que se acercaba la mañana, fue a la cama a dormir.

Durmió tan profundamente que ni siquiera lo despertó la señora Dempster, que venía a hacer su habitación. Sólo se despertó cuando ella caldeó la habitación, le preparó el desayuno y golpeteó el biombo que encerraba su cama. Él estaba un poco cansado todavía después del trabajo duro de la noche, pero una taza de té fuerte lo refrescó pronto y, agarrando su libro, salió a dar su paseo matutino, llevándose con él unos cuantos sándwiches, no fuera a ser que no le diese por volver hasta la hora de cenar. Encontró un paseo tranquilo entre altos olmos un poco fuera del pueblo, y allí se pasó la mayor parte del día estudiando a Laplace. A su regreso pasó a ver a la señora Witham y agradecerle su amabilidad. Cuando ella lo vio venir por la ventana salediza de cristales en rombo de su santuario, salió para encontrarse con él y le pidió que entrara. Lo miró inquisitivamente y agitó la cabeza mientras decía:

—No debe usted excederse, señor. Esta mañana estaba más pálido que lo que debiera. ¡Las horas demasiado tardías y demasiado trabajo duro para el cerebro no son buenos para ningún hombre! Pero, dígame, señor, ¿cómo ha pasado la noche? Espero que bien. Pero, ¡por Dios, señor!, cuánto me alegré cuando me dijo esta mañana la señora Dempster que usted estaba muy bien y profundamente dormido cuando ella entró.

—Oh, yo estaba muy bien —respondió sonriendo— los «algos» no me preocuparon, por el momento. Sólo las ratas, y tenían montado un circo, como le digo, por todas partes. Había una malvada con aspecto de diablo viejo que se sentó en mi propio sillón junto al fuego, y que no quiso irse hasta que agarré el atizador y fui hacia ella, y entonces salió corriendo arriba por la cuerda de la campana de alarma y fue a algún sitio por encima de la pared o del techo. No pude ver dónde, por lo oscuro que estaba.

—¡Que Dios se apiade de nosotros! —dijo la señora Witham—. ¡Un diablo viejo, y sentado en un sillón junto a la chimenea! ¡Tenga cuidado, señor, tenga mucho cuidado! Hay muchas palabras verdaderas que se dicen en broma.

—¿Qué quiere usted decir? Palabra que no comprendo.

—¡Un diablo viejo! Quizá el viejo diablo. ¡Ahí lo tiene, señor! Pero no tiene que reírse —pues Malcolmson había estallado en una afable carcajada—. Ustedes los jóvenes creen que es fácil reírse de las cosas que hacen estremecerse a los viejos. ¡No importa, señor, no importa! Si Dios quiere, usted reirá todo el tiempo. Eso es lo que yo misma le deseo.

Y la buena señora sonrió en simpatía con el disfrute de él, ya que sus miedos desaparecieron por un momento.

—¡Oh, perdóneme! —dijo Malcolmson inmediatamente—. No crea que soy un grosero, pero la idea fue demasiado para mí... ¡así que el viejo diablo mismo estuvo en el sillón anoche!

Y volvió a reírse al pensarlo. Luego se fue a su casa a cenar.

Esa tarde los correteos de las ratas empezaron antes; en realidad estaban ocurriendo antes de su llegada y sólo se interrumpieron mientras la presencia de él las molestó con su novedad. Tras la cena se sentó un rato junto al fuego a fumar, y luego despejó la mesa y empezó a trabajar como antes. Esa noche las ratas lo perturbaron más que lo que habían hecho el día anterior. ¡Cómo correteaban arriba y abajo, por debajo y por encima! ¡Cómo chillaban, arañaban y roían! Cómo, al hacerse poco a poco más atrevidas, se asomaban por las bocas de sus agujeros y por las grietas, las ranuras y las rendijas del revestimiento de la pared hasta que sus ojos brillaban como lamparitas mientras la luz del fuego subía y bajaba. Pero para él, que ahora era indudable que se había acostumbrado a ellas, sus ojos no eran malvados, sólo lo afectaba su carácter juguetón. A veces la más atrevida de ellas hacía una salida por el suelo o por las molduras del revestimiento. De cuando en cuando lo molestaban, Malcolmson hacía ruido para asustarlas, golpeando la mesa con la mano o emitiendo un feroz «Shss, shss», de manera que huyesen directamente a sus agujeros.

Y así pasó la primera mitad de la noche y, a pesar del ruido, Malcolmson se quedó cada vez más inmerso en su trabajo.

De repente se detuvo, como la noche anterior, al ser abrumado por una imprevista sensación de silencio. No había ni el más mínimo ruido de roer, arañar o chillar. Era un silencio como de tumba. Recordó el extraño suceso de la noche anterior y por instinto miró al sillón que estaba cerca de la chimenea. Y entonces, una sensación muy extraña lo excitó.

Allí, sobre el gran sillón de respaldo alto de roble tallado, junto al fuego, estaba sentada la misma rata enorme, lanzándole continuamente una mirada asesina con sus ojos malignos.

Agarró instintivamente lo que tenía más a mano —un libro de logaritmos—, y se lo lanzó a la rata. No apuntó bien con el libro y la rata no se movió, de manera que se repitió la actuación con el atizador de la noche anterior, y de nuevo la rata, perseguida de cerca, huyó subiendo por la cuerda de la campana de alarma. Extrañamente, la marcha de esa rata fue seguida instantáneamente por la renovación del ruido que hacia la comunidad general de las ratas. Malcolmson no pudo ver en qué parte de la habitación había desaparecido la rata, pues la pantalla verde de la lámpara dejaba a oscuras la parte superior de la habitación y el fuego estaba muy bajo.

Al mirar su reloj vio que era cerca de la medianoche y, sin lamentar la diversión, preparó el fuego y se hizo su tetera nocturna. Había hecho una gran cantidad de trabajo y se creyó autorizado a fumar un cigarrillo, de manera que se sentó en el gran sillón de roble tallado ante el fuego a disfrutar de él. Mientras fumaba, empezó a pensar que le gustaría saber dónde había desaparecido la rata, porque había tenido ciertas ideas para el día siguiente, no completamente desconectadas de una trampa para ratas. Por consiguiente, encendió otra lámpara y la colocó de tal manera que iluminase bien el rincón derecho de la pared junto a la chimenea. Entonces recogió todos los libros que tenía consigo y los colocó a mano para arrojárselos a la alimaña. Por último, levantó la cuerda de la campana de alarma y colocó su extremo sobre la mesa, dejándolo fijo bajo la lámpara. Al manejarla no pudo evitar darse cuenta de lo flexible que era, especialmente al ser una cuerda muy fuerte y no estar en uso. «Se podría colgar a un hombre con esto», pensó. Cuando estaban hechos los preparativos, miró a su alrededor y dijo afablemente:

—Ahí lo tienes, amigo. ¡Creo que esta vez vamos a aprender algo de ti!

Volvió a empezar su trabajo, y aunque al principio estuvo un poco molesto por el ruido de las ratas, se perdió pronto entre sus proposiciones y sus problemas.

De nuevo fue llamado súbitamente a su entorno inmediato. Esta vez podría no haber sido sólo el silencio repentino lo que despertó su atención, porque hubo un ligero movimiento en la cuerda y la lámpara se agitó. Sin revolverse, miró para ver si su pila de libros estaba al alcance, y luego recorrió la cuerda con los ojos. Mientras miraba vio que la rata grande caía desde la cuerda sobre el sillón de roble, se sentaba allí y lo miraba penetrantemente. Levantó un libro con la mano derecha, apuntó cuidadosamente y se lo arrojó a la rata. Esta última saltó a un lado con un movimiento rápido y esquivó el misil. Agarró entonces otro libro, y un tercero y se los arrojó uno tras otro a la rata, pero infructuosamente cada vez. Por último, cuando se puso de pie con un libro en la mano para arrojarlo, la rata chilló y pareció asustarse. Eso hizo que Malcolmson estuviese más ansioso que nunca para atacar, y el libro voló y le asestó a la rata un sonoro golpe. La rata soltó un chillido de terror, y volviendo en contra de su perseguidor una mirada de terrible malevolencia, subió por el respaldo del sillón, dio un gran salto hacia la cuerda de la campana de alarma y subió por ella como un rayo. La lámpara se movía por la tensión repentina, pero era pesada y no se cayó. Malcolmson tenía los ojos fijos en la rata, y con la luz de la segunda lámpara vio que saltaba a la moldura del revestimiento y desaparecía por un agujero que había en uno de los cuadros grandes que colgaban de la pared, oscurecido e invisible a través de su capa de polvo y suciedad.

«Buscaré el habitáculo de mi amigo por la mañana —se dijo el estudiante cuando recogía los libros—. El tercer cuadro desde la chimenea, no lo olvidaré». Recogió los libros uno a uno, comentándolos cuando los levantaba del suelo. El de las *Secciones cónicas* no le importaba, ni el de las *Oscilaciones cicloides,* ni el de los *Principia,* ni el de los *Cuaterniones,* ni el de *Termodinámica.* Y ahora, el libro que la golpeó. Malcolmson agarró el libro y lo miró. Al hacerlo se sorprendió, y una palidez repentina se desparramó por su cara. Miró a su alrededor nerviosamente y tembló ligeramente cuando murmuró para sí: «¡La Biblia que me dio mi madre! Qué coincidencia más extraña». Se sentó a trabajar otra vez y las ratas del revestimiento reanudaron sus brincos. Sin embargo, no lo molestaron; de alguna manera su presencia le daba una sensación de compañía. Pero no podía estar atento al trabajo, y después de esforzarse por dominar el tema en el que estaba metido, renunció desesperado y se fue a la cama cuando los primeros rayos del amanecer se colaban ya por la ventana del este.

Durmió profundamente, pero con inquietud, y soñó mucho. Cuando la señora Dempster lo despertó avanzada la mañana, no se encontraba bien y por unos minutos no se dio cuenta exacta de donde estaba. Lo primero que pidió sorprendió bastante a la sirviente.

—Señora Dempster, cuando yo esté fuera hoy, quiero que agarre usted la escalera y que limpie o que lave esos cuadros, sobre todo ese, el tercero desde la chimenea, quiero ver qué son.

Malcolmson trabajó en sus libros hasta avanzada la tarde en su paseo sombreado, y volvió a él la alegría del día anterior mientras el día se acababa, y vio que su lectura estaba progresando bien. Había resuelto hasta una conclusión satisfactoria todos los problemas que hasta ahora lo habían desconcertado, y en un estado de júbilo fue a hacerle una visita a la señora Witham en «El buen viajero». Se encontró con un desconocido en la acogedora salita con la propietaria, que le fue presentado como doctor Thornhill. Ella no estaba muy cómoda, y eso, combinado con que el médico se pusiera inmediatamente a hacerle una serie de preguntas, hizo que Malcolmson llegase a la conclusión de que su presencia no era por accidente, de modo que dijo sin preliminares:

—Doctor Thornhill, responderé con mucho gusto cualquier pregunta que quiera hacerme si primero me responde usted a una pregunta.

El doctor pareció sorprendido, pero sonrió y respondió enseguida:

—¡Hecho! ¿De qué se trata?

—¿Le pidió a usted la señora Witham que viniese aquí para verme y aconsejarme?

El doctor Thornhill se quedó desconcertado por un momento y la señora Witham enrojeció mucho y se dio la vuelta, pero el médico era un hombre directo y preparado y respondió enseguida abiertamente:

—Lo hizo, pero no tenía intención de que usted lo supiera, supongo que fue mi torpe prisa lo que lo hizo sospechar. Me dijo que no le gustaba la idea de que usted estuviera en esa casa completamente solo, y que creía que usted tomaba demasiado té fuerte. De hecho, quiere que le aconseje que, si es posible, deje usted el té y las horas tan tardías. Yo también fui un estudiante muy aplicado en mi época, de modo que supongo que puedo tomarme las libertades de un universitario y, sin ofensa, aconsejarle como si no fuésemos tan desconocidos.

Con una brillante sonrisa, Malcolmson le tendió la mano.

—¡Choque esos cinco!, como dicen en América —dijo—. Debo agradecerle su amabilidad y también a la señora Witham, y su amabilidad merece una respuesta por mi parte. Prometo que no tomaré más té fuerte, ni nada de té hasta que usted me lo permita, y que esta noche me iré a la cama a la una lo más tarde. ¿Bastará con eso?

—Excelente —dijo el médico—. Ahora cuéntenos todo lo que haya percibido en esa vieja casa.

Así que Malcolmson, en ese momento y lugar, contó con minucioso detalle todo lo que había ocurrido las dos últimas noches. Fue interrumpido de cuando en cuando por alguna exclamación de la señora Witham, hasta que al final, cuando contó lo que pasó con la Biblia, las emociones acumuladas de la propietaria encontraron desahogo en un grito, y sólo cuando le fue administrado un vaso cargado con coñac y agua pudo recuperar la compostura. El doctor Thornhill escuchaba con una cara cada vez más seria, y cuando la narración estuvo completa y la señora Witham se había recuperado, preguntó:

—¿La rata se subía siempre por la cuerda de la campana de alarma?

—Siempre.

—¿Supongo que usted sabe —dijo el médico tras una pausa— lo que es esa cuerda?

—No.

—Es —dijo el médico lentamente— la misma cuerda que utilizaba el verdugo para todas las víctimas del encono judicial del juez.

En ese momento fue interrumpido por otro grito de la señora Witham, y hubo que dar ciertos pasos para que se recuperase. Malcolmson miró su reloj, vio que se acercaba la hora de cenar, y se marchó a casa antes de que ella se recuperase del todo.

Cuando la señora Witham volvió a ser ella misma, asaltó al médico con preguntas airadas sobre lo que él quería hacer al poner esas ideas tan horribles en la mente del pobre joven.

—Allí ya tiene bastante para molestarlo —añadió ella.

El doctor Thornhill replicó:

—¡Mi querida señora, yo tenía un propósito claro con ello! He querido llevar su atención a la cuerda de la campana y dejarla fija allí. Puede ser que él se encuentre en un estado altamente agitado y que haya estado estudiando demasiado, aunque me inclino a decir que parece un joven tan sensato y sano, mental y físicamente, como los que conozco... pero entonces las ratas... y esas sugerencias sobre el diablo —el doctor meneó la cabeza y siguió adelante—. Yo me habría ofrecido a ir a quedarme la primera noche con él, pero me sentí seguro de que eso sería causa de una ofensa. Puede ser que por la noche tuviese algún extraño temor o alucinación, y si llegase a tenerlo, quiero que tire de esa cuerda. Como está completamente solo, eso nos servirá de aviso y podremos alcanzarlo a tiempo de ser útiles. Voy a quedarme sentado hasta muy tarde esta noche y tendré los oídos abiertos. No se alarme usted si Benchurch tiene una sorpresa antes de la mañana.

—¡Ay, doctor! ¿Qué quiere usted decir? ¿Qué quiere decir?

—Quiero decir que posiblemente, no, que probablemente oigamos esta noche la gran campana de alarma de la casa del juez.

Y el médico hizo una salida tan eficaz como pudiera pensarse.

Cuando Malcolmson llegó a casa vio que era un poco más tarde que de su hora habitual y que la señora Dempster se había marchado (no había que descuidar las reglas de la organización benéfica de Greenhow). Se alegró al ver que el lugar estaba iluminado y pulcro, con un fuego animado y una lámpara con la mecha bien recortada. La tarde era más fría que lo que podría esperarse en abril, y un viento fuerte soplaba con una fuerza que crecía tan rápidamente que se daban todas las señales de que por la noche habría una tormenta. Después de su entrada, durante unos cuantos minutos cesó el ruido de las ratas, pero en cuanto se acostumbraron a su presencia empezaron otra vez. Él se alegraba de oírlos, porque una vez más notó la sensación de compañía en sus ruidos, y su mente regresó al extraño hecho de que sólo dejasen de manifestarse cuando aquella otra —la rata grande de de ojos malignos— entraba en escena. Sólo estaba encendida la lámpara de lectura, y su pantalla verde dejaba a oscuras el techo y la parte superior de la habitación, de modo que la animada luz de la chimenea que se derramaba por el suelo y brillaba en el paño blanco que cubría el extremo de la mesa era cálida y alegre. Malcolmson se sentó a cenar con buen apetito y humor optimista. Tras la cena y un cigarrillo, se sentó a trabajar sin interrupciones, decidido a que no lo molestase nada, pues recordó la promesa que le había hecho al médico y se decidió a hacer lo mejor que pudiera con el tiempo que tenía a su disposición.

Durante una hora o así trabajó muy bien, y entonces sus pensamientos empezaron a desviarse de los libros. No se podían negar las circunstancias reales que lo rodeaban, las llamadas a su atención física y su vulnerabilidad nerviosa. Para entonces el viento se había convertido en un temporal, y el temporal en una tormenta. La vieja casa, aunque era sólida, parecía sacudirse hasta los cimientos, y la tormenta rugía y se enfurecía a través de sus muchas chimeneas y de sus raros y viejos gabletes, produciendo ruidos extraños y sobrenaturales en las habitaciones vacías y en los pasillos. Hasta la gran campana de alarma del tejado debió haber notado la fuerza del viento, pues la cuerda subía y bajaba ligeramente, como si la campana se moviese un poco de cuando en cuando, y la flexible cuerda cayó sobre el suelo de roble con un ruido duro y hueco.

Cuando Malcolmson lo oyó, consideró para sí las palabras del médico, «es la cuerda que utilizaba el verdugo para todas las víctimas del encono judicial del juez», fue al rincón de la chimenea y la tomó en su mano para mirarla. Había algún tipo de interés mortal en ella, y estando allí se perdió por un momento en especulaciones sobre quiénes habrían sido sus víctimas y en el lúgubre deseo del juez de tener siempre a la vista una reliquia tan espantosa. Mientras él estaba allí, el balanceo de la campana en el tejado seguía alzando la cuerda de cuando en cuando, pero en ese momento llegó una sensación nueva, una especie de temblor en la cuerda, como si algo estuviera moviéndose por ella.

Miró hacia arriba por instinto y vio que la rata grande bajaba lentamente hacia él, mirándolo continuamente con furia. Él dejó caer la cuerda y se echó para atrás mascullando una maldición, la rata se dio la vuelta, volvió a subir por la cuerda y desapareció; en ese mismo momento Malcolmson fue consciente de que el ruido de las ratas, que había cesado por un rato, volvió a empezar.

Todo eso lo hizo pensar, y se le ocurrió que no había investigado la madriguera de la rata ni había mirado los cuadros, como tenía intención de hacer. Encendió la otra lámpara, que no tenía pantalla, la levantó y fue a quedarse frente al tercer cuadro desde la chimenea a mano derecha, donde había visto desaparecer a la rata la noche anterior.

A la primera mirada, se echó para atrás tan repentinamente, que casi dejó caer la lámpara y una palidez mortal le cubrió la cara. Le temblaron las rodillas y gruesas gotas de sudor perlaron su frente, mientras él temblaba como un álamo temblón. Pero era joven e intrépido y se recompuso y, tras unos segundos de pausa fue otra vez hacia delante, levantó la lámpara y examinó el cuadro, que había sido desempolvado y limpiado y ahora resaltaba claramente.

Representaba a un juez vestido con su toga escarlata y armiño. Su cara era fuerte y despiadada, diabólica, taimada y vengativa, con una boca sensual, una nariz ganchuda de color rojizo y formada como el pico de un ave de presa. El resto de la cara tenía un color cadavérico. En los ojos había un brillo peculiar y una expresión terriblemente maligna. Al mirarlos, Malcolmson sintió frío, porque vio que eran la contraparte misma de los ojos de la rata grande. Casi se le cayó la lámpara de la mano, pues vio que la rata miraba a través del agujero en la esquina del cuadro con sus siniestros ojos, y notó el cese inmediato de los ruidos de las demás ratas. Sin embargo, se recompuso y siguió adelante con el examen del cuadro.

El juez estaba sentado en un gran sillón de roble tallado con respaldo alto, al lado derecho de una gran chimenea de piedra, en cuyo rincón colgaba una cuerda del techo, con el extremo enroscado sobre el suelo. Con el sentimiento de algo parecido al horror, Malcolmson reconoció la escena de la habitación tal como estaba, y miró a su alrededor de modo anonadado, como si esperase encontrar una presencia extraña detrás de él. Entonces echó un vistazo al rincón de la chimenea, y con un fuerte grito dejó que la lámpara se le cayese de la mano.

Allí, en el sillón del juez, con la cuerda colgando por detrás, estaba sentada la rata que tenía los torvos ojos de ese juez, intensificados ahora con una mirada diabólica. Excepto por el aullido de la tormenta de fuera, todo estaba en silencio.

La lámpara caída hizo que Malcolmson volviera en sí. Afortunadamente, la lámpara era de metal, así que el aceite no se había derramado. Sin embargo, la necesidad práctica de ocuparse de ella asentó inmediatamente su recelo nervioso. Cuando la hubo dado vuelta, se enjugó la frente y pensó por un momento.

—Esto no va a funcionar —se dijo para sí—, si sigo así voy a volverme un loco insensato. ¡Esto tiene que detenerse! Le prometí al doctor que no tomaría té. ¡A fe mía que tenía mucha razón! Mis nervios han debido ir poniéndose en un estado extraño. Es raro que no me haya dado cuenta de ello. No me he sentido mejor en toda mi vida. Sin embargo, ahora todo está bien y no volveré a ser un insensato otra vez.

Entonces se preparó un vaso cargado de coñac con agua y se sentó decididamente a hacer su trabajo.

Había pasado casi una hora cuando levantó la mirada del libro, molesto por la repentina quietud. Afuera, el viento aullaba y rugía con más fuerza que nunca, y la lluvia caía a sábanas contra las ventanas, golpeando los cristales como si fuera granizo, pero dentro no había ningún ruido, salvo el eco del viento mientras rugía en la chimenea, y de cuando en cuando un siseo, al encontrar unas pocas gotas de lluvia un camino que bajaba por la chimenea en un momento de calma de la tormenta. El fuego estaba muy bajo y sin llamas, aunque arrojaba un resplandor rojizo. Malcolmson escuchaba atentamente, y en ese momento oyó un ruido fino y chirriante, muy leve. Venía del rincón de la habitación donde colgaba la cuerda, y creyó que era el chirrido de la cuerda cuando el balanceo de la campana la levantaba y la bajaba. Sin embargo, al mirar arriba vio en la tenue luz que la rata grande se aferraba a la cuerda y la roía. La cuerda estaba casi roída del todo ya, él pudo ver el color más claro donde los hilos de la cuerda estaban pelados. Mientras miraba, el trabajo se completó y el extremo cortado de la cuerda cayó repiqueteando sobre el suelo de roble, mientras la rata grande permaneció por un momento como un bulto o una borla al final de la cuerda, que empezó a oscilar de un lado a otro. Malcolmson sintió por un momento otra punzada de terror al pensar que ahora la posibilidad de llamar en ayuda al mundo exterior estaba cortada, pero una intensa ira tomó su lugar, se hizo con el libro que estaba leyendo y se lo arrojó a la rata. El golpe estaba bien dirigido, pero antes de que el misil pudiese alcanzarla, la rata se dejó caer y golpeó el suelo con un ruido seco y suave. Malcolmson corrió inmediatamente hacia ella, pero salió disparada y desapareció en la oscuridad de las sombras de la habitación. Malcolmson notó que su trabajo había terminado por esa noche, y en ese momento y lugar decidió cambiar la monotonía de su procedimiento por una caza de la rata y quitó la pantalla verde de la lámpara para asegurar una iluminación más amplia. Al hacerlo se mitigó la oscuridad de la parte superior de la habitación, y en el nuevo flujo de luz, grande en comparación con la oscuridad anterior, los cuadros de la pared resaltaron nítidamente. Desde donde estaba, Malcolmson vio directamente frente a él el tercer cuadro de la pared a la derecha de la chimenea. Se frotó los ojos de sorpresa, y entonces un gran miedo empezó a recaer sobre él.

En el centro del cuadro había un gran parche irregular de lienzo marrón, tan fresco como cuando lo habían estirado en el bastidor. El trasfondo estaba como antes, con el sillón, el rincón de la chimenea y la cuerda, pero la figura del juez había desaparecido.

Malcolmson, con un escalofrío de terror, se dio la vuelta en redondo despacio y entonces empezó a temblar y a estremecerse como un hombre en una parálisis. Sus fuerzas parecían haberlo abandonado y fue incapaz de acción o de movimiento, y casi de pensamiento. Sólo podía ver y oír.

Allí, sobre el gran sillón de respaldo alto de roble tallado, estaba sentado el juez, vestido con su toga escarlata y su armiño, con sus malignos ojos mirándolo con furia vengativa y una sonrisa de triunfo en la resuelta y despiadada boca, mientras levantaba con sus manos un gorro negro[8]. Malcolmson sintió como si toda la sangre hubiese huido de su corazón, igual que siente uno en los momentos de incertidumbre prolongada. Había un canto en sus oídos. Pudo oír el rugido y el aullido de la tempestad afuera, y a través de ese ruido, barrido por la tormenta, llegó el toque de medianoche por los grandes carillones del mercado. Por un tiempo que le pareció interminable, se quedó quieto como una estatua y con los ojos muy abiertos de horror, sin aliento. Mientras tocaba el reloj, se intensificaba la sonrisa de triunfo en la cara del juez, y con el último toque de la medianoche se puso el gorro negro sobre la cabeza. El juez se levantó de su sillón lenta y deliberadamente, recogió del suelo el trozo de cuerda de la campana de alarma, se la pasó por las manos como si disfrutara con su tacto y luego empezó a hacer un nudo en su extremo, elaborando un lazo con ella. Lo apretó y lo comprobó con el pie, tirando con fuerza de él hasta que estuvo satisfecho, y luego hizo un nudo corredizo que sostuvo en la mano. Luego empezó a moverse a lo largo de la mesa por el lado contrario a Malcolmson, manteniendo los ojos fijos en él hasta que lo pasó, entonces hizo un movimiento rápido y se quedó frente a la puerta. Malcolmson empezó a darse cuenta entonces de que estaba atrapado y se puso a pensar qué podría hacer. Había una cierta fascinación en los ojos del juez, de los que no se apartó nunca y a los que tuvo que mirar por fuerza. Vio que el juez se acercaba —manteniéndose todavía entre él y la puerta—, que levantaba el lazo y que se lo arrojaba, como para enredarlo. Hizo un movimiento a un lado con gran esfuerzo y vio que la cuerda caía a su lado y la oyó golpear el suelo de roble. El juez levantó el lazo de nuevo para intentar atra-

---

[8] Un cuadrado de paño negro que los jueces se ponían tradicionalmente cuando dictaban sentencias de muerte.

parlo, manteniendo siempre sus malignos ojos en él, y cada vez que lo intentaba, el estudiante, haciendo un gran esfuerzo, se las arreglaba para evitarlo. Eso ocurrió muchas veces, el juez no se desanimaba ni se perturbaba por los fracasos, sino que jugaba con él como lo hace un gato con un ratón. Al fin, de pura desesperación, que había llegado a su punto culminante, Malcolmson echó una rápida mirada su alrededor. La lámpara se había encendido y había una luz bastante buena en la habitación. En las muchas ratoneras y en las rendijas y grietas del revestimiento vio ojos de ratas, y ese aspecto, que era puramente físico, le dio un poco de consuelo. Miró alrededor y vio que la cuerda de la gran campana de alarma estaba cubierta de ratas. Cada centímetro de la cuerda estaba cubierto de ellas, y fluían a raudales cada vez más del pequeño agujero circular del techo desde el que salió la grande, de tal modo que la campana empezó a oscilar con el peso.

Osciló hasta que el badajo tocó la campana. El sonido fue muy pequeño, pero la campana sólo estaba empezando a oscilar y aumentaría.

Con ese sonido, el juez, que había mantenido los ojos fijos en Malcolmson, miró hacia arriba, frunció el ceño y una ira diabólica se extendió por su cara. Sus ojos brillaban mucho, como carbones encendidos, y pateó el suelo con un ruido que hizo que la casa vibrase. Un terrible repiqueteo de truenos estalló muy arriba cuando él volvió a levantar la cuerda, mientras las ratas seguían corriendo arriba y abajo por la cuerda como si trabajaran contra reloj. Esta vez, en lugar de arrojarle la cuerda, se acercó a su víctima mientras mantenía el lazo abierto al aproximarse. Cuando estuvo cerca, en su sola presencia hubo algo que paralizaba y Malcolmson se quedó rígido como un cadáver. Notó que los helados dedos del juez tocaron su garganta mientras ajustaba la cuerda. El lazó se apretó... se apretó... Entonces el juez, tomando en sus brazos la rígida forma del estudiante, lo llevó y lo colocó de pie en el sillón de roble. Se puso a su lado, alzó la mano y agarró el extremo de la bamboleante cuerda de la campana de alarma. Cuando levantó la mano, las ratas huyeron chillando y desaparecieron por el agujero del techo. Agarró el extremo del lazo, que estaba alrededor del cuello de Malcolmson y lo ató al trozo que colgaba de la cuerda de la campana, luego bajó y apartó el sillón.

Cuando la campana de alarma de la casa del juez empezó a sonar, se reunió pronto una muchedumbre. Aparecieron luces y antorchas de varios tipos y la muda muchedumbre se apresuró hacia el lugar. Llamaron a la puerta con fuerza, pero no hubo respuesta. Entonces rompieron la puerta y se esparcieron por el gran salón, con el médico a la cabeza.

Allí, al final de la cuerda de la gran campana de alarma, estaba colgado el cuerpo del estudiante, y en la cara del juez del cuadro había una sonrisa maléfica.

LA *SQUAW*[9]

En aquella época, Nuremberg no estaba tan explotado como lo ha estado desde entonces. Irving no había estado interpretando *Fausto*[10], y el propio nombre de la vieja ciudad era apenas conocido por la mayor parte del público viajero. Como mi esposa y yo estábamos en la segunda semana de nuestro viaje de bodas, quisimos de forma natural que se uniese alguien más al grupo, de modo que cuando el alegre Elias P. Hutcheson, natural de Isthmian City, Bleeding Gulch, en el condado de Maple Tree, en Nebraska, apareció en la estación de Frankfurt y comentó de manera casual que iba a ver al Matusalén más tremendamente viejo de un pueblo de Europa, y que había supuesto que tanto viajar solo era suficiente para mandar al ciudadano más inteligente y activo al pabellón de melancólicos de una casa de reposo, consideramos la amplia insinuación y sugerimos que deberíamos unir fuerzas. Al comparar notas después, averiguamos que cada uno de nosotros tenía la intención de hablar con cierta timidez o vacilación para no parecer demasiado ansioso. Eso no era un buen cumplido al éxito de nuestra vida de casados, pero el efecto fue completamente estropeado al empezar a hablar los dos a la vez, deteniéndonos simultáneamente y siguiendo después otra vez al mismo tiempo. De todos modos, no importa cómo, se hizo, y Elias P. Hutcheson se convirtió en uno de nuestro grupo. Amelia y yo encontramos inmediatamente el agradable beneficio, porque en lugar de pelear, como habíamos venido haciendo hasta entonces, encontramos que la influencia condicionante de un tercero era tal, que ahora aprovechábamos cualquier oportunidad para hacernos cariñitos en extraños lugares. Amelia declara que, como resultado de esa experiencia, recomienda desde entonces a todos sus amigos que se lleven a un amigo en su luna de miel.

---

[9] Palabra de los indios norteamericanos para referirse a una mujer o a la esposa, para los blancos tiene un sentido despectivo.

[10] Obra de teatro escrita por WILLIAM WILLS en la que Irving interpretaba a Mefistófeles.

Bueno, «hicimos» Nuremberg juntos y disfrutamos mucho con los comentarios subidos de tono de nuestro amigo transatlántico, quien, por su habla evocadora y su maravilloso inventario de aventuras, podría haber salido de una novela. Seguimos en la ciudad por el último objeto de interés que visitar, el Burgo[11], y el día que habíamos fijado para la visita dimos una vuelta alrededor de la muralla exterior de la ciudad por su lado este.

El Burgo se asienta sobre una gran roca que domina la ciudad, y por el lado norte lo protege una fosa enormemente profunda. Nuremberg había tenido la fortuna de no haber padecido nunca saqueo alguno; de haber ocurrido, ciertamente no estaría tan perfectamente limpia y ordenada como lo está en la actualidad. La zanja no se había utilizado en siglos, y ahora su base se extiende con pérgolas de jardín y huertos, cuyos árboles llegaban a veces a alturas muy respetables. Mientras paseábamos en torno a la muralla, entreteniéndonos en el cálido sol de julio, nos deteníamos con frecuencia para admirar las vistas que se extendían ante nosotros, y sobre todo la gran llanura cubierta de ciudades y pueblos, limitada con una azulada línea de colinas, como en un paisaje de Claude Lorraine. Siempre íbamos desde aquello con un deleite nuevo a la ciudad misma, con su infinidad de viejos gabletes pintorescos y sus rojos tejados de casi media hectárea de grandes, salpicados de hileras tras hileras de claraboyas. Un poco a nuestra derecha se alzaban las torres del Burgo, y todavía más cerca, alzándose adusta, la Torre de la Tortura, que era, y quizá todavía es, el lugar más interesante de la ciudad. Durante siglos, la tradición de la Virgen de Hierro[12] de Nuremberg se ha legado como un ejemplo de la crueldad de los horrores de los que es capaz el hombre. Nosotros llevábamos mucho tiempo esperando verla, y aquí estaba su casa al fin.

Una de las veces que pasamos, nos apoyamos en la muralla del foso y miramos hacia abajo. El jardín estaba a unos quince o veinte metros por debajo, y el sol se vertía en él con un calor intenso y sin movimiento, como el de un horno. Más allá se alzaba la muralla gris y adusta, de una altura interminable, perdiéndose a izquierda y derecha

---

11 Parte amurallada y más antigua de una ciudad.
12 Conocido también como la *Virgen de Nuremberg,* era uno de los suplicios más lacerantes.

en los ángulos del baluarte y la contraescarpa. Árboles y arbustos coronaban la muralla, y por encima destacaban otra vez las altivas casas, sobre cuya belleza el tiempo sólo ha puesto una mano de aprobación. El sol era muy cálido y nosotros estábamos perezosos, teníamos todo el tiempo y nos quedamos apoyados en la muralla. Justo bajo nosotros había una vista preciosa: una gata grande tumbada y estirada al sol, mientras a su alrededor retozaba lindamente un pequeño gatito negro. La madre movía la cola para que el gatito jugase con ella, o levantaba las patas y empujaba al pequeño para animarlo a más juego. Estaban justo al pie de la muralla, y Elias P. Hutcheson, para contribuir al juego, se agachó y recogió del suelo un guijarro de tamaño moderado.

—¡Mirad! —dijo—. Voy a dejarlo caer cerca del gatito, y los dos se preguntarán de dónde ha venido.

—¡Ay, tenga cuidado! —dijo mi esposa—. ¡Podría darle un golpe a esa cosita!

—No yo, señora —dijo Elias P.—. ¡Vaya, si soy más tierno que un cerezo! Que el Señor la bendiga, yo no dañaría al pobre bichito más que le arrancaría la cabellera a un niño. ¡Y pueden apostar sus calcetines multicolor por ello! Miren, lo dejaré caer más lejos por la parte de fuera, así que no caerá cerca de ella.

Hablando de este modo, se inclinó sobre el murete, estiró del todo el brazo y dejó caer la piedra. Es posible que exista alguna fuerza de atracción que lleve las materias menores a las mayores, o más probablemente que la muralla no estuviese hecha a plomo, sino inclinada hacia la base, sin que nosotros notásemos la inclinación desde arriba, pero la piedra cayó, con un repugnante golpe seco que subió hasta nosotros a través del aire recalentado, directamente sobre la cabeza del gatito y se la destrozó en ese momento y lugar. La gata negra lanzó una rápida mirada hacia arriba, y vimos que sus ojos, como un fuego verde, se fijaban un instante en Elias P. Hutcheson, y que después su atención fue para el gatito, que estaba tumbado inmóvil, con sólo un leve temblor en sus patitas, mientras un fino hilo de sangre manaba de una herida grande. Con un quejido apagado, como el que podría producir un ser humano, se agachó sobre el gatito, lamiendo su herida y gimiendo. De repente pareció que se daba cuenta de que estaba muerto, y volvió a alzar los ojos hacia nosotros. No olvidaré nunca la visión, porque la gata era la encarnación perfecta del odio. Sus ojos verdes resplandecían con un fuego refulgente, y los blancos y afilados dientes brillaban a través de la sangre que tenía en la boca y los bigotes. Hizo rechinar sus dientes, y sus garras se extendieron desnudas y en toda su longitud en sus patas. Entonces se precipitó salvajemente hacia arriba como si quisiera alcanzarnos, pero cuando se agotó el impulso se cayó abajo, lo que se sumó aún más a su horrible aspecto, porque aterrizó sobre el gatito y se levantó con la piel negra embadurnada de sesos y sangre. Amelia estaba medio desmayada y tuve que apartarla del muro. Había un asiento cerca bajo la sombra de un falso plátano y la coloqué allí mientras se recomponía. Luego regresé con Hutcheson, que estaba allí sin moverse y mirando a la enfurecida gata de abajo.

Cuando me reuní con él, dijo:

—Bueno, supongo que eso tiene pinta de ser el animal más salvaje que he visto nunca... excepto una vez, cuando una *squaw* apache que tenía una querencia por un mestizo, al que apodaban «Astillas» por la forma en que enganchó a su *papoose*[13] que había robado en una incursión, sólo para mostrar que agradecía la forma con que le habían dado la tortura del fuego a su madre. Ella tenía ese aspecto amable tan establecido en su cara, que la broma parecía crecer en ella. Persiguió más de tres años a Astillas hasta que al final los bravos lo agarraron y se lo pasaron a ella. Dijeron que ningún hombre, blanco o indio, había tardado tanto en morir bajo las torturas de los apaches. La única vez que la vi sonreír fue cuando acabé con ella. Llegué al campamento justo a tiempo de ver a Astillas atravesarse las mejillas, y el tampoco lamentaba irse. Era un ciudadano muy duro, y aunque no pude hacerlo flaquear nunca en ese asunto del *papoose* —porque era malo y resentido, y debía haber sido un hombre blanco, porque lo parecía—, vi que le habían pagado por completo. Condéneme, pero agarré un trozo de cuero de uno de sus desolladeros para que me forraran un libro de bolsillo. ¡Y aquí lo tengo ahora! —dijo dándole un manotazo al bolsillo de su abrigo.

Mientras hablaba, la gata seguía con sus esfuerzos frenéticos para escalar el muro. Se echaba para atrás y luego hacía su carga, llegando a veces a una altura increíble. No parecían importarle las pesadas caídas que tenía cada vez, sino que empezaba otra vez con vigor renova-

---

[13] Niño indio.

52

do y con cada revolcón su apariencia se hacía cada vez más horrible. Hutchison era hombre de buen corazón, mi esposa y yo nos habíamos dado cuenta de sus pequeños actos de amabilidad con los animales así como con las personas, y estaba preocupado por el estado de furia en el que la gata se había puesto.

—Bueno, y ahora declaro que ese pobre bicho está muy desesperado —dijo—. ¡Vamos, vamos! Pobrecilla, ha sido un accidente, aunque esto no va a devolverte a tu pequeño. ¡Te digo que no habría podido ocurrir una cosa así en mil veces que lo intentase! Esto es sólo para mostrar lo que un hombre insensato y torpe puede hacer cuando intenta jugar. Al parecer, soy demasiado condenadamente torpe para jugar siquiera con un gato. ¡Diga, coronel! —era una manera agradable que tenía de conceder títulos libremente—. ¿Puedo esperar que su esposa no me guarde rencor a cuenta de este disgusto? Vaya, no habría hecho que ocurriese por nada del mundo.

Se acercó a Amelia y se disculpó abundantemente, y ella, con su habitual amabilidad de corazón, se apresuró a asegurarle que comprendía que había sido un accidente. Entonces volvió a la muralla y miró por encima.

La gata, que había perdido de vista la cara de Hutcheson, se había recogido al otro lado del foso y estaba sentada sobre los cuartos traseros como si estuviese preparada para saltar. De hecho, en el instante mismo que lo vio, saltó con una furia ciega, que habría sido grotesca de no ser tan terriblemente real. No intentó subir corriendo la muralla, sino que simplemente se lanzó hacia él, como su el odio y la furia pudiesen prestarle alas para atravesar directamente la gran distancia que había entre ellos. Amelia, muy mujerilmente, se preocupó mucho y le dijo a Elias P. con voz de aviso:

—¡Oh! Tiene usted que ser muy cuidadoso. Ese animal intentaría matarlo si estuviese aquí, sin duda sus ojos tienen aspecto de asesinar.

Él se rio jovialmente.

—Discúlpeme, señora —dijo—, pero no puedo evitar reírme. ¡Tendría gracia que un hombre que ha luchado con osos pardos gigantes y con los indios tuviese que tener cuidado de ser asesinado por un gato!

Cuando la gata oyó que se reía, toda su conducta cambió. Ya no intentaba saltar o correr hacia arriba del muro, sino que fue tranquilamente, volvió a sentarse junto al gatito muerto y empezó a lamerlo como si estuviese vivo.

—¡Vean el efecto que tiene un hombre realmente fuerte! —dije—. Hasta ese animal, en mitad de su furia, reconoce la voz de un amo y se inclina ante él.

—¡Como una *squaw!* —fue el único comentario de Elias P. Hutcheson cuando seguimos nuestro camino alrededor del foso de la ciudad. Cada cierto tiempo nos asomábamos sobre el muro y cada vez vimos que la gata nos seguía. Al principio había vuelto al gatito muerto, y luego, cuando se agrandó la distancia, lo agarró con la boca y así nos siguió. Sin embargo, al rato debió haberlo abandonado, porque la vimos seguir sola, era evidente que había escondido el cuerpo en algún sitio. La inquietud de Amelia aumentó por la persistencia de la gata y repitió su aviso más de una vez, pero el norteamericano se reía siempre muy divertido, hasta que al final, viendo que ella estaba empezando a preocuparse, dijo:

—Le digo, señora, que no tiene usted que preocuparse del gato, ya me ocupo yo de eso —en ese momento le dio una palmada a la pistola que guardaba en el bolsillo trasero—. Antes de que usted se preocupe más, dispararé al bicho, aquí mismo, ¡a riesgo de que la policía se meta con un ciudadano de los Estados Unidos por llevar armas contrariamente a las reglas!

Cuando habló, miró por encima del muro, pero la gata, al verlo, se retiró con un gruñido a una cama de flores altas y se ocultó. Él continuó:

—Creo que ese bicho tiene más sentido de lo que le conviene que la mayoría de los cristianos. Supongo que ya no la veremos más. Apuesto a que ahora volverá con ese gatito muerto y tendrá un funeral privado todo para ella solita.

Amelia no quería decir más, no fuera a ser que él, en una amabilidad equivocada con ella, cumpliese su amenaza de dispararle a la gata. De modo que seguimos adelante y cruzamos el puentecillo de madera que llevaba a la entrada, desde donde corría la inclinada calle empavesada entre el Burgo y la pentagonal Torre de la Tortura. Cuando cruzamos el puente vimos otra vez a la gata, muy por debajo de nosotros. Cuando la vimos, su furia regresó y llevó a cabo esfuerzos frenéticos por subir el inclinado muro. Hutcheson se rio cuando miró abajo hacia ella, y dijo:

—Adiós, muchacha. Siento haber herido tus sentimientos, pero lo superarás con el tiempo. Hasta la próxima.

Y entonces pasamos por el largo pasaje abovedado y llegamos a la puerta del Burgo.

Cuando volvimos a salir después de nuestra inspección de aquel bellísimo lugar antiguo, que ni siquiera los esfuerzos bienintencionados de los restauradores neogóticos de hacía cuarenta años[14] fueron capaces de estropear —aunque la restauración era por entonces de un blanco deslumbrante—, nos habíamos olvidado del desagradable incidente de la mañana. El viejo tilo con su gran tronco retorcido por el paso de casi nueve siglos, el profundo pozo cortado a través de la roca por aquellos cautivos antiguos, y la encantadora vista desde la muralla de la ciudad, desde donde oímos, repartidas durante casi un cuarto de hora, las numerosísimas campanas de la ciudad, habían contribuido a borrarnos de la mente el incidente del gatito asesinado.

Nosotros fuimos los únicos visitantes que entraron en la Torre de la Tortura aquella mañana —o al menos eso dijo el viejo guardián—, y como teníamos todo el lugar para nosotros, pudimos hacer un examen más minucioso y satisfactorio que lo que habría sido posible de otro modo. El guardián, que nos miraba como su única fuente de ingresos de aquel día, estaba dispuesto a cumplir nuestros deseos de todas las formas posibles. La Torre de la Tortura es un lugar verdaderamente lúgubre incluso ahora, cuando muchos miles de visitantes han enviado al lugar una corriente de vida y de la alegría que sigue a la vida, pero en la época que menciono tenía su aspecto más desagradable y horripilante. El polvo de siglos se había asentado en ella, y la oscuridad y el horror de sus recuerdos se han hecho sentientes de una manera que habría satisfecho las almas panteístas de Filo Judeo[15] y de Spinoza. La cámara inferior, por la que habíamos entrado, estaba llena en su estado normal de una oscuridad como encarnada, hasta la cálida luz solar que se vertía dentro a través de la puerta se perdía en el gran espesor de sus muros, y sólo mostraba la mampostería rugosa

---

[14] Se refiere al renacimiento del estilo gótico (llamado estilo neogótico) que estuvo de moda en Inglaterra y otros países desde finales del siglo XVIII hasta entrado el XIX.

[15] Filón de Alejandría.

que tenía cuando se retiraron los andamios de los constructores, pero con una capa de polvo, y marcada aquí y allá con parches de oscuras manchas que, si los muros pudiesen hablar, podrían haber contado sus propios recuerdos terribles de miedo y de dolor. Nos alegramos de terminar de pasar por la empolvada escalera de madera. El guardián había dejado abierta la puerta exterior para iluminarnos de alguna manera en la subida, porque, para nuestros ojos, la larga y retorcida vela de pésimo olor embutida en un candelero del muro daba una luz inadecuada. Cuando llegamos arriba a través de la trampilla abierta en el rincón de la cámara, Amelia se agarró tan apretada a mí, que pude sentir realmente su pulso. Por mi parte, debo decir que su miedo no me sorprendía, porque esta cámara era hasta más horripilante que la de abajo. Desde luego, allí había más luz, pero sólo la suficiente para percibir el horrible entorno del lugar. Era evidente que para los constructores de la torre sólo los que llegasen arriba tuviesen alguna de las alegrías de la luz y la perspectiva. Como habíamos notado desde abajo, allí había filas de ventanas, si bien de pequeñez medieval, pero en cualquier otro lugar de la torre eran sólo unas cuantas ranuras estrechas, tal como era habitual en los lugares medievales de defensa. Unas pocas de ellas sólo daban luz a la cámara, y estaban situadas tan altas, que el cielo no podía verse desde ninguna parte debido al grosor de los muros. En unos estantes, y apoyadas desordenadamente en los muros, había cantidad de espadas de verdugos, grandes armas de mandoble de hojas anchas y borde afilado. Cerca de allí había varios bloques donde se habían apoyado los cuellos de las víctimas, con profundas muescas por todas partes donde el acero había atravesado la protección de la carne y se había empotrado en la madera. Alrededor de la cámara, colocados de forma irregular, había muchos instrumentos de tortura que hacían que a uno le doliese el corazón al verlos: sillas llenas de pinchos que producían un dolor instantáneo y atroz; sillones y divanes con bultos romos, cuya tortura era supuestamente menor, pero que, aunque lentos, eran igualmente eficaces; potros, cinturones, botas, guantes, cuellos, todos ellos hechos para poder comprimir a voluntad; cestas de acero en las que la cabeza podía aplastarse lentamente hasta ser una pulpa, si era necesario; ganchos de centinelas de mango largo y cuchilla que cortaban por resistencia —una especialidad de el antiguo sistema de policía de Nuremberg— y muchísimos otros artefactos para que el hombre hiciese daño al hombre. Amelia se puso muy pálida ante el horror de esas cosas, pero afortunadamente no se desmayó, porque, al estar un poco agobiada, se sentó en una silla de torturas y saltó de nuevo con un chillido y ya desapareció toda tendencia al desmayo. Los dos fingimos que fue por el daño hecho a su vestido por el polvo de la silla y que no fueron los pinchos oxidados los que la habían molestado, y el señor Hutcheson accedió a aceptar la explicación con una risa bondadosa.

Pero el objeto principal en el conjunto de esta cámara de los horrores era la máquina conocida como la Virgen de Hierro, que estaba cerca del centro de la cámara. Era la figura toscamente hecha de una mujer, algo similar a una campana o, por hacer una comparación más apropiada, a la figura de la señora de Noé en el arca de los niños, pero sin la delgadez de cintura y la redondez perfecta de la cadera que marca el tipo estético de la familia Noé. Uno apenas habría podido reconocerla como que tuviese el propósito de imitar a una figura humana, de no haber dado forma el fundidor a una grosera semejanza con la cara de una mujer. Ese aparato estaba revestido de herrumbre y cubierto de polvo; tenía una cuerda atada a una anilla en el frente de la figura, más o menos sobre el lugar donde debía hallarse la cintura, y se estiraba por medio de una polea atada en la columna de madera que sostenía el suelo de arriba. El guardián tiró de esa cuerda para mostrar que una parte del frente estaba colgada como una puerta, de un lado, vimos entonces que la máquina tenía un grosor considerable, dejando justo el suficiente sitio dentro para que se colocase un hombre. La puerta era de igual grosor y muy pesada, pues al guardián le costó toda su fuerza abrirla, aunque se ayudaba con el artilugio de la polea. Ese peso se debía en parte al hecho de que la puerta tuviese el propósito manifiesto de estar colgada como para arrojar todo su peso hacia abajo, de modo que pudiera cerrarse sola cuando se soltaba la tensión. La parte de dentro estaba formada como un panal, con la herrumbre... no, la herrumbre sola que viene con el tiempo apenas habría podido roer tan profundamente las paredes de hierro, ¡la herrumbre de las manchas implacables era de veras profunda! Sin embargo, sólo cuando fuimos a mirar la parte de dentro de la puerta se manifestó completamente la intención diabólica. Allí había varios pinchos largos, cuadrados y enormes, anchos en la base y afilados en la punta, colocados en tal posición que, cuando se cerraba la puerta, los de arriba atravesasen los ojos de la víctima y los de abajo su corazón y sus órganos vitales. La vista fue demasiado para la pobre Amelia, esta vez se desmayó como muerta y tuve que llevarla en brazos por las escaleras y ponerla sobre un banco de fuera hasta que se recuperó. Que ella lo sintió al máximo se mostró después por el hecho de que mi hijo mayor tiene hasta hoy una tosca marca de nacimiento en el pecho, lo que hoy ha sido aceptado, por consentimiento familiar, como algo que representa a la Virgen de Nuremberg.

Cuando volvimos a la cámara, encontramos a Hutcheson todavía frente a la Virgen de Hierro. Evidentemente había estado filosofando y ahora nos concedió el beneficio de sus pensamientos en una especie de exordio.

—Bueno, supongo que he estado aprendiendo algo aquí mientras la señora se recuperaba de su desmayo. Me parece a mí que estamos muy lejos por detrás de esa época en nuestro lado del gran charco. En nuestras llanuras pensamos que el indio puede darnos puntos en el intento de poner incómodo a un hombre, pero supongo que vuestro viejo partido de ley y orden puede superarlos cada vez. Astillas fue muy bueno en su engaño a la *squaw,* pero aquí esta joven tenía una escalera de color, muy por encima de él. Las puntas de esos pinchos todavía están muy afiladas, aunque están roídas hasta los bordes por lo que hubiera en ellas. Sería bueno para nuestra sección india tener algunas muestras de este juguete de aquí para enviarlas a las Reservas, sólo para eliminar la estopa de los machos, y también de las esposas, mostrándoles que las viejas civilizaciones extienden lo mejor que tienen sobre ellos. Supongo que voy a entrar un momento en esa caja, sólo para ver como se siente.

—¡Oh, no! —dijo Amelia—. ¡Eso es demasiado terrible!

—Señora, supongo que nada es demasiado terrible para la mentalidad exploradora. He estado en algunos sitios raros en su momento. Me pasé la noche dentro de un caballo muerto mientras un fuego de pradera pasaba sobre mí en el territorio de Montana... Y otra vez dormí dentro de un búfalo muerto cuando los comanches estaban en la senda de la guerra y yo no quería dejarles mi terreno. He estado dos días en un túnel hundido en la mina de oro de Billy Broncho en Nuevo Méjico, y fui uno de los cuatro que nos quedamos encerrados durante tres cuartas partes del día en el cajón que se deslizó de lado cuando estábamos echando los cimientos del puente Búfalo. Todavía no me ha asustado ninguna experiencia extraña, ¡y no me propongo empezar ahora!

Vimos que estaba dispuesto al experimento, de manera que dije:

—Bueno, dese prisa, hombre, y pase por ello rápido.

—De acuerdo, mi general —dijo—, pero calculo que todavía no estamos preparados. Mis predecesores, los caballeros que estuvieron en esa lata de ahí, no se presentaron voluntarios al trabajo, ¡no mucho! Y supongo que había algún amarre ornamental antes de que se diera el gran golpe. Quiero meterme en esa cosa con todas las de la ley, así que debo estar atado adecuadamente primero. ¿Puedo apostar a que este viejo zafio puede conseguir algo de cuerda y atarme según la muestra?

Eso se lo dijo de modo interrogante al viejo guardián, pero este último, que entendió la tendencia de lo que decía, aunque quizá no entendía enteramente las sutilezas de su dialecto ni de sus imágenes, sacudió la cabeza en negativa. Sin embargo, su protesta fue sólo formal y se hizo para ser vencida. El norteamericano le puso en la mano una moneda de oro y dijo:

—¡Ahí tiene, compañero! Eso es su bote, y no se asuste. ¡No es a una fiesta de traje y corbata a lo que se le pide que asista!

El guardián mostró una cuerda fina y desgastada y procedió a atar a nuestro compañero con el rigor suficiente para el propósito. Cuando tenía atada la parte de arriba del cuerpo, Hutcheson dijo:

—Un momento, señor juez. Supongo que peso demasiado para que usted me lleve dentro de la lata. Usted sólo déjeme que entre andando, y luego ya podrá ocuparse de mis piernas.

Mientras hablaba se había metido de espaldas por la abertura, que era justo la suficiente para que cupiese. Le estaba muy ajustada y no podía cometer fallos. Amelia lo miró todo con el miedo en los ojos, pero evidentemente no quiso decir nada. Entonces, el guardián completó la tarea atando juntos los pies del norteamericano, de manera que ahora estuvo indefenso y fijo en su prisión voluntaria. Lo estaba disfrutando de veras, y la sonrisa incipiente que era habitual en su cara alcanzó en realidad su plenitud cuando dijo:

—¡Supongo que esta Eva de aquí se hizo con la costilla de un enano! No hay mucho sitio para que se mueva un ciudadano de los Estados Unidos totalmente desarrollado. En el territorio de Idaho solemos hacer los ataúdes con más espacio que esto. Y ahora, señor juez, vaya usted dejando que baje esa puerta despacio sobre mí. ¡Quiero sentir el mismo placer que tuvieron los demás tipos cuando esos pinchos empezaron a moverse hacia sus ojos!

—¡Ay, no! ¡No! ¡No! —interrumpió Amelia histéricamente—. ¡Esto es demasiado terrible! ¡No puedo soportar verlo! ¡No puedo! ¡No puedo!

Pero el norteamericano era testarudo.

—Diga, coronel, ¿por qué no se lleva a la señora a dar un paseíto? Yo no heriría sus sentimientos por nada del mundo, pero ahora que estoy aquí, habiendo venido desde más de diez mil kilómetros, ¿no sería demasiado fuerte abandonar la experiencia misma por la que he estado anhelando y ansiando? ¡No todas las veces puede un hombre sentirse como una comida enlatada! Yo y el juez este de aquí arreglaremos esto en un momento, ¡y entonces usted volverá y todos nos reiremos juntos!

Una vez más triunfó la decisión que nació de la curiosidad, y Amelia se quedó, agarrada con fuerza de mi brazo y temblando mientras el guardián empezó a soltar despacio, centímetro a centímetro, la cuerda que retenía la puerta de hierro. La cara de Hutcheson estaba sumamente radiante mientras seguía con los ojos el primer movimiento de los clavos.

—¡Bueno! —dijo—. Supongo que no he disfrutado así desde que salí de Nueva York. Me metí en una pelea con un marinero francés en Wapping, y aquello tampoco fue una fiesta campestre. No he tenido ni una muestra de placer real en este podrido continente, donde no hay peleas ni indios, y donde cada hombre va a pie. ¡Despacio ahora, señor juez! ¡No se apresure en este asunto! Quiero que haya un espectáculo en este juego a cambio de mi dinero, ¡lo quiero!

El guardián debía haber tenido en él algo de la sangre de sus predecesores en esa torre abominable, porque hizo que la máquina funcionase con una lentitud deliberada e insoportable, que después de cinco minutos en los que el borde exterior de la puerta no se había movido ni tres centímetros, empezó a superar a Amelia. Vi que sus labios se ponían blancos y noté que se relajaba la presión que ejercía sobre mi brazo. Miré a mi alrededor un momento, buscando un lugar donde echarla, y cuando volví a mirarla vi que sus ojos estaban fijos a un lado de la Virgen. Seguí la dirección de la mirada y vi que la gata negra se agachaba hasta perderse de vista. En la oscuridad del lugar, sus ojos verdes brillaron como lámparas de peligro, y su color se realzó por la sangre que todavía le manchaba la piel y enrojecía su boca. Yo exclamé:

—¡La gata! ¡Tenga cuidado con la gata!

Porque la gata saltó entonces delante de la máquina. En ese momento tenía el aspecto de un demonio triunfante. Sus ojos estaban vidriosos de ferocidad, su pelo se erizó hasta que pareció que duplicaba su tamaño normal, y su cola daba latigazos a un lado y otro, como hace la del tigre cuando tiene delante la presa. Cuando Elias P. Hutcheson la vio, le causó gracia, y sus ojos chispeaban de diversión cuando dijo:

—¡Que me aspen si la *squaw* no se ha puesto todas sus pinturas de guerra! Échenla de aquí si viene con alguno de sus trucos contra mí, porque estoy fijado por el jefe tan para siempre, ¡que me juego el pellejo si puedo apartar mis ojos de ella si los quiere! ¡Despacio ahora, juez! No afloje esa cuerda, o me la va a jugar.

En ese momento, Amelia completó su desmayo y tuve que agarrarla por la cintura para que no se cayera al suelo. Mientras la atendía, vi que la gata se agazapaba para dar el salto y yo salté para echarla.

Pero en ese momento, con una especie de chillido infernal, la gata se arrojó, no sobre Hutcheson como habríamos esperado, sino directamente a la cara del guardián. Sus garras rasgaban salvajemente, tal como uno ve en los dibujos chinos de dragones rampantes, y cuando miré vi que una de ellas se posaba sobre el ojo del pobre hombre, que se lo desgarraba y bajaba por la mejilla, dejando una ancha banda roja desde donde brotaba la sangre de cada vena.

Con un grito de puro terror que llegó incluso antes de que sintiese el dolor, el hombre se echó para atrás y al hacerlo soltó la cuerda que retenía la puerta de hierro. Yo salté hacia ella, pero era demasiado tarde, pues la cuerda corrió como un rayo por la polea y la pesada masa cayó hacia adelante por su propio peso.

Cuando se cerraba la puerta entreví la cara de nuestro pobre compañero. Estaba helado de terror. Sus ojos se habían quedado fijos con terrible angustia como si estuviesen deslumbrados, y no brotó ningún sonido de sus labios.

Y entonces hicieron su trabajo los clavos. Afortunadamente, el fin fue rápido, porque cuando tiré violentamente de la puerta para abrirla lo habían atravesado tan profundamente que se habían quedado bloqueados en los huesos del cráneo que habían aplastado, y lo arrastraron fuera de su prisión de hierro, hasta que, atado como estaba, él cayó al suelo en toda su longitud con un enfermizo golpe seco, con la cara vuelta hacia arriba según caía.

Fui corriendo hacia mi esposa, la levanté en brazos y la llevé fuera, porque temí por su razón si llegaba a despertarse de su desmayo en una escena así. La coloqué sobre el banco de afuera y corrí otra vez dentro. El guardián estaba apoyado en la columna de madera, gimiendo de dolor mientras se sujetaba el pañuelo ensangrentado sobre los ojos. Y sentada sobre la cabeza del pobre norteamericano estaba la gata, ronroneando ruidosamente mientras lamía la sangre que chorreaba de las cuencas vaciadas de sus ojos.

Creo que nadie me llamará despiadado, porque agarré una de las espadas de los verdugos y la partí en dos mientras seguía sentada.

EL SECRETO DEL ORO CRECIENTE

Cuando Margaret Delandre se fue a vivir en Brent's Rock, todo el vecindario se despertó con el placer de un escándalo completamente nuevo. Los escándalos relacionados con la familia Delandre o con los Brent de Brent's Rock no eran pocos, y si la historia secreta del condado se hubiese escrito completamente, ambos apellidos habrían estado muy bien representados. Cierto es que la posición social de cada uno de ellos era tan diferente, que podrían haber pertenecido a continentes distintos —o a mundos distintos, si a eso vamos— pues hasta el momento sus caminos no se habían cruzado nunca. Una parte entera del país les otorgaba a los Brent un dominio social exclusivo, y ellos mismos se habían mantenido siempre tan por encima de la clase de los propietarios rurales, a la que pertenecía Margaret Dalendre, como un hidalgo español de sangre azul sobrepasa a sus arrendatarios campesinos.

Los Delandre tenían un historial antiguo y estaban orgullosos de él de la misma manera que los Brent lo estaban del suyo. Pero la familia no se había alzado nunca de ser terratenientes, y aunque una vez fueron pudientes en los viejos y buenos tiempos de guerras extranjeras y protección, sus fortunas se habían debilitado bajo el sofocante sol del libre comercio y de los «calientes tiempos de paz». Como solían aseverar los miembros de más edad, se habían quedado «atascados en la tierra», con el resultado de que habían echado raíces en ella, en cuerpo y alma. De hecho, como habían escogido la vida de los vegetales, habían florecido como hace la vegetación: eran fructíferos y prosperaban en la estación buena y sufrían en la mala. Su propiedad, Dander's Croft, parecía haber estado resuelta y era típica de la familia que la había habitado. Esta familia había decaído generación tras generación, y de cuando en cuando enviaba algún brote malogrado de energía sin satisfacer en la forma de un soldado o un marinero que se hubiese abierto camino a los grados menores del servicio y se hubiera detenido ahí, frenado en seco tanto por una desconsiderada galantería en acción, o por esa causa destructora de los hombres sin crianza o cuidados juveniles: el reconocimiento de una posición por encima de ellos que se sentían inadecuados para ocupar. De ese modo, poco a poco, la familia fue cayendo cada vez más bajo: los hombres, taciturnos e insatisfechos, que bebían hasta matarse; las mujeres, esclavas del hogar o casándose por debajo de su clase, o peor. Con el tiempo todo desapareció, dejando sólo dos de los Croft, Wykham Delandre y su hermana Margaret. El hombre y la mujer habían heredado, en forma masculina y femenina respectivamente, la mala tendencia de su estirpe, compartiendo los principios de la pasión, la voluptuosidad y la osadía, aunque manifestándolos de maneras diferentes.

La historia de los Brent había sido un poco semejante, pero mostraba las causas de la decadencia en su forma aristocrática y no en la plebeya. Ellos también habían enviado sus brotes a las guerras, pero sus posiciones habían sido diferentes y a menudo habían alcanzado los honores, porque habían sido valientes sin defectos y llevaron a cabo hechos valerosos, antes de que la egoísta disipación que los marcaba hubiera dado forma a su vigor.

El cabeza de familia actual —si ahora se podía llamar familia, cuando permanecía sólo uno de la línea directa, Geoffrey Brent—, era del tipo de la estirpe agotada, manifestando en algunas formas sus cualidades más brillantes, y en otras su completa degradación. Podría comparársele con toda justicia con algunos de aquellos nobles italianos antiguos que los pintores nos han conservado con su valor, su falta de escrúpulos, su refinamiento de lujuria y de crueldad: el hedonista real con el potencial del malvado. Era verdaderamente hermoso, con una belleza oscura, aguileña e imponente que las mujeres reconocen tan generalmente como dominante. Con los hombres era distante y frío, pero esos modos no desaniman nunca al sexo femenino. Las inescrutables leyes del sexo lo han arreglado de modo que incluso una mujer tímida no se asuste de un hombre feroz y altivo. Y así fue que apenas había mujer alguna de cualquier clase o grado que viviese a la vista de Brent's Rock que no mantuviera alguna clase de admiración secreta por el apuesto holgazán. La categoría era amplia, porque Brent's Rock se elevaba pronunciadamente en medio de una zona plana, y por un circuito de unos ciento cincuenta kilómetros se situaba sobre el horizonte con sus altas y viejas torres y sus inclinados tejados, que cortaban el borde nivelado de los bosques, las aldeas y las mansiones lejanas y dispersas.

Siempre y cuando Geoffrey Brent limitase sus disipaciones a Londres, París y Viena —en cualquier lugar que estuviese fuera del alcance de la vista y del sonido de su casa—, las opiniones eran mudas. Es fácil escuchar impasiblemente los ecos lejanos y podemos tratarlos con incredulidad, o con menosprecio, o con desdén, o con cualquier actitud fría que se adapte a nuestro propósito; pero cuando el escándalo se acercaba a casa, era un asunto totalmente diferente, y el sentimiento de independencia y de integridad, que hay en la gente de toda comunidad que no se haya estropeado completamente, se afirmaba y exigía que se expresara la repulsa. Aun así, había cierta reticencia en todos ellos, y de los hechos comprobados no se daban más cuenta que lo que era absolutamente necesario. Margaret Delandre se comportaba tan temeraria y abiertamente, que aceptaba su posición como la compañera justificada de Geoffrey Brent de una manera tan natural que la gente llegó a creer que estaba casada con él en secreto, y por lo tanto pensaron que era más sensato sujetar la lengua, no fuera a ser que el tiempo la justificase y que también hiciera de ella una activa enemiga.

La única persona que podría haber resuelto todas las dudas con su interferencia tenía prohibidas por las circunstancias su intromisión en el asunto. Wykham Delandre se había peleado con su hermana —o quizá era que ella se había peleado con él— y estaban en términos de neutralidad armada, pero de odio amargo. La pelea había sido anterior a que Margaret fuese a Brent's Rock. Ella y Wykham casi habían llegado a los golpes. Sin duda había habido amenazas de un lado y del otro, y al final Wykham, superado por la pasión, había ordenado a su hermana que se marchara de la casa. Ella se levantó inmediatamente y, sin esperar a empaquetar ni siquiera sus propias pertenencias personales, se marchó de la casa. Se había detenido un momento en el umbral para lanzarle la glacial amenaza a Wykham de que él lamentaría y se desesperaría hasta la última hora de su vida por su acto de aquel día. Pasaron algunas semanas desde aquello, y se entendió en el vecindario que Margaret se había ido a Londres, cuando apareció repentinamente haciéndole perder la cabeza a Geoffrey Brent, y toda la comunidad supo antes de caer la noche que había establecido su residencia en el

Rock. No fue una sorpresa que Brent hubiese regresado inesperadamente, porque así era su costumbre habitual. Ni siquiera sus propios sirvientes sabían cuándo esperarlo, porque había una puerta privada, cuya llave tenía sólo él, por la que entraba a veces sin que nadie de la casa estuviera al tanto de su venida. Ese era su método habitual de aparecer tras una larga ausencia.

Wykham Delandre estaba furioso por la noticia. Juró vengarse y, para mantener su mente nivelada con su pasión, bebió más que nunca. Intentó varias veces ver a su hermana, pero ella se negó desdeñosamente a reunirse con él. Intentó tener una entrevista con Brent, pero él también lo rechazó. Entonces intentó detenerlo en la carretera, pero sin conseguirlo, pues Geoffrey no era un hombre que pudiera ser detenido contra su voluntad. Varios encuentros reales tuvieron lugar entre los dos hombres, y muchos más se amenazaron y se evitaron. Al final, Wykham Delandre se acomodó a una aceptación malhumorada y vengativa de la situación.

Ni Margaret ni Geoffrey tenían un temperamento pacífico, y no pasó mucho tiempo antes de que empezasen las peleas entre ellos. Una cosa llevaba a la otra, y el vino fluía libremente en Brent's Rock. De cuando en cuando las peleas adquirían un aspecto amargo, y las amenazas se intercambiaban en un lenguaje intransigente que asombraba bastante a los sirvientes que las escuchaban; pero esas peleas terminaban por lo general donde lo hacen los altercados domésticos, en la reconciliación, y en un respeto mutuo por las cualidades guerreras proporcionadas a su manifestación. El pelear por pelear se valora por cierta clase de personas, en todo el mundo, como un asunto de interés absorbente, y no existe razón alguna para creer que las condiciones domésticas hagan disminuir su fuerza. Geoffrey y Margaret se ausentaban a veces de Brent's Rock y en cada una de esas veces Wykham Delandre también se ausentaba, pero como generalmente se enteraba de la ausencia demasiado tarde como para que le sirviera de algo, regresaba a la casa cada vez con un estado de ánimo más amargo y descontento que antes.

Al final llegó un tiempo en el que la ausencia de Brent's Rock se hizo más larga que las anteriores. Sólo unos pocos días antes había habido una pelea, superando en encono todo lo que hubiese pasado antes, pero también esto se había inventado, ya que se había mencionado un viaje a Europa delante de los criados. Tras unos días, Wykham Delandre se marchó también y pasaron algunas semanas antes de que volviese. Era notorio que estaba lleno de alguna importancia nueva... satisfacción, exaltación, no sabían apenas cómo llamarla. Fue inmediatamente a Brent's Rock y exigió ver a Geoffrey Brent. Al decírsele que aún no había regresado, dijo con una desagradable decisión, de la que se dieron cuenta los criados:

—Vendré otra vez. Mi noticia es firme, ¡puede esperar!

Y se dio la vuelta. Pasaron semanas tras semanas, y meses tras meses, y entonces llegó el rumor, certificado más adelante, de que había ocurrido un accidente en el valle de Zermatt. Mientras cruzaba por un paso peligroso, el carruaje que llevaba a una señora inglesa y al conductor se había caído por un precipicio, habiéndose salvado afortunadamente el caballero del grupo, el señor Geoffrey Brent, porque estaba subiendo la colina a pie para dar facilidades a los caballos. Él dio la información y se llevó a cabo la búsqueda. El barandal roto, los desgarros en la carretera, las marcas donde los caballos habían luchado en la cuesta antes de caer al torrente... todo eso daba pistas del triste suceso. Era la estación húmeda y había habido mucha nieve en el invierno, de modo que el río estaba más crecido que su caudal de costumbre, y los remolinos de la corriente arrastraban trozos de hielo. Se llevó a cabo toda una búsqueda, y finalmente los restos del carruaje y el cadáver de un caballo se encontraron en un remanso del río. Más tarde encontraron el cuerpo del conductor en un baldío barrido por los torrentes cerca de Tasch, pero el cuerpo de la dama y el del otro caballo habían desaparecido. Ese cuerpo estaba dando vueltas —lo que quedaba de él en ese momento— entre los remolinos del Ródano en su camino al lago de Ginebra.

Wykham Delandre hizo todas las investigaciones posibles, pero no pudo encontrar rastro alguno de la mujer desaparecida. Sin embargo, encontró en los libros de registro de varios hoteles el nombre de «señor y señora Geoffrey Brent», Hizo erigir una lápida en Zermatt en memoria de su hermana, bajo su apellido de casada, y puso una placa en la iglesia de Bretten, la parroquia en la que estaban situados Brent's Rock y Dander's Croft.

Pasó un lapso de aproximadamente un año, después de que se borrase la agitación del asunto, y todo el vecindario iba ya por sus caminos acostumbrados. Brent todavía estaba ausente, y Delandre más bebido, más taciturno y más vengativo que nunca.

Entonces hubo una agitación nueva. Brent's Rock se preparaba para una nueva señora. Se anunció oficialmente por el propio Geoffrey en una carta al vicario, en la que decía que se había casado unos meses antes con una dama italiana y que estaban de camino a casa. Entonces, un pequeño ejército de trabajadores invadió la casa, sonaron los martillos y los cepillos para madera, y un aire general de cola de carpintero y de pintura impregnaba la atmósfera. El ala sur de la vieja casa fue completamente rehecho, y entonces la mayoría de los trabajadores se marcharon, dejando sólo materiales para rehacer el viejo salón cuando hubiera vuelto Geoffrey Brent, pues él había dado órdenes de que la decoración se hiciese sólo ante sus propios ojos. Se traía con él planos precisos de un salón de la casa del padre de su esposa, pues deseaba reproducir para ella el lugar al que se había acostumbrado. Como todas las molduras tenían que rehacerse, se trajeron algunos postes y tablones para andamios y se dejaron a un lado del gran salón, y también un gran tanque o caja para mezclar la cal que se puso en bolsas a su lado.

Cuando llegó la nueva señora de Brent's Rock, se echaron al vuelo las campanas de la iglesia y hubo un júbilo general. Ella era una mujer muy hermosa, llena de la poesía, el fuego y la pasión del Sur, y las pocas palabras de inglés que había aprendido las decía de una manera tan dulce y entrecortada que se ganó los corazones de la gente, tanto por la musicalidad de su voz como por la belleza enternecedora de sus oscuros ojos.

Geoffrey Brent estaba más feliz que lo que había sido antes, pero en su cara había un aspecto oscuro y nervioso que era nuevo para quienes lo conocían de antiguo, y a veces se sorprendía como por algún ruido que los demás no habían oído.

Y así pasaron meses y aumentó el rumor de que Brent's Rock iba a tener por fin un heredero. Geoffrey era muy tierno con su esposa, y el nuevo enlace entre ellos pareció que lo suavizaba. Se tomó más interés por sus arrendatarios y sus necesidades que lo que había hecho nunca, y no faltaban las obras de caridad por su parte así como por la de su dulce y joven esposa. Él tenía puestas todas sus esperanzas en el niño que estaba en camino, y cuando miraba al futuro más profundamente, la sombra oscura que se había instalado en su cara se iba disipando gradualmente.

Wykham Delandre había estado alimentando su venganza todo aquel tiempo. Muy profundamente en su corazón había crecido una resolución de venganza que sólo esperaba una oportunidad para cristalizarse y adquirir una forma definida. Su imprecisa idea estaba centrada de alguna manera en la esposa de Brent, porque sabía que la mejor manera de golpearlo era a través de aquellos a los que aquél amaba, y el tiempo que se avecinaba tenía en su vientre la oportunidad que anhelaba. Una noche se sentó a solas en el salón de su casa. Una vez fue una habitación hermosa a su manera, pero el tiempo y el abandono habían hecho su trabajo y ahora era poco mejor que una ruina, sin dignidad ni pintoresquismo de ninguna clase. Hacía algún tiempo que bebía mucho y estaba más que a medias aturdido. Creyó que había oído un ruido, como si alguien estuviese en la puerta, y miró. Entonces dijo medio violentamente en voz alta que entrasen, pero no hubo respuesta. Renovó sus libaciones murmurando una blasfemia. Al poco se olvidó de todo lo que lo rodeaba y se hundió en el aturdimiento, pero se despertó de repente y vio que frente a él estaba alguien o algo como una maltrecha y espectral versión de su hermana. Por unos momentos le vino una especie de miedo. La mujer que estaba ante él, con las facciones distorsionadas y ojos ardientes, apenas parecía humana, y lo único que se asemejaba a su hermana, tal como había sido, era la opulencia de su cabello dorado, que ahora estaba rayado de gris. Ella miraba a su hermano con una mirada larga y fría, y él, mientras miraba y empezaba a darse cuenta de la realidad de su presencia, encontró también que el odio por ella que había tenido volvía a surgir en su corazón. Toda la pasión perturbadora del año anterior encontró una voz inmediatamente cuando le preguntó:

—¿Por qué estás aquí? Tú estás muerta y enterrada.

—¡Estoy aquí, Wykham Delandre, no por amor a ti, sino porque odio a otro todavía más que a ti!

Una gran pasión ardía en sus ojos.

—¿A él? —preguntó con un susurro tan feroz que la mujer hasta se sorprendió por un instante hasta que recuperó la calma.

—Sí, a él —respondió ella—, pero no te equivoques, mi venganza es mía y yo solamente te utilizo para que me ayudes con ella.

Wykham preguntó de pronto:

—¿Se casó contigo?

La distorsionada cara de la mujer se ensanchó en un horroroso intento de sonrisa. Fue una farsa espantosa, porque los destrozados rasgos y las cicatrices cosidas adquirieron extrañas formas y colores, y se mostraron unas raras líneas blancas al presionar los músculos en tensión sobre las viejas cicatrices.

—¡De modo que te gustaría saberlo! ¡A tu orgullo le complacería sentir que tu hermana estuvo casada de verdad! Bueno, pues no lo sabrás. Esa es mi venganza contigo, y no tengo intención de cambiarla ni por el grueso de un cabello. He venido aquí esta noche simplemente para que sepas que estoy viva, de manera que si se me hace alguna violencia donde voy, podrá haber un testigo.

—¿Y dónde vas? —le preguntó su hermano.

—¡Eso es asunto mío y no tengo ni la menor intención de decírtelo!

Whykham se puso de pie, pero la bebida actuaba sobre él, se tambaleó y se cayó. Mientras estaba en el suelo anunció su intención de seguir a su hermana, y en un arrebato de malhumor le dijo que la seguiría a través de la oscuridad por la luz de su cabello y de su belleza. Ante eso, ella se giró hacia él y dijo que había otros además de él que lamentarían su cabello y también su belleza.

—Como lo hará él —siseó ella—, porque el cabello queda aunque la belleza se haya ido. Cuando él retiró la chaveta del carruaje y nos envió sobre el precipicio al torrente, pensó muy poco en mi belleza. Quizá la suya estaría con cicatrices como la mía si se hubiera arremolinado como yo entre las piedras del Visp y se hubiera helado sobre el hielo amontonado en el río. ¡Pero que tenga cuidado! ¡Su hora está llegando!

Y con un gesto violento abrió la puerta y salió a la noche.

Esa misma noche, más tarde, la señora Brent, que estaba medio dormida, se despertó de repente y le dijo a su esposo:

—Geoffrey, ¿no ha habido el chasquido de una cerradura en alguna parte bajo nuestra ventana?

Pero Geoffrey —aunque ella creyó que él también se había despertado con el ruido— estaba profundamente dormido y respiraba pesadamente. La señora Brent volvió a dormirse, pero esta vez se despertó con el hecho de que su marido se había levantado y estaba parcialmente vestido. Estaba mortalmente pálido, y cuando la luz de la lámpara que llevaba en la mano cayó sobre su cara, se asustó con el aspecto de sus ojos.

—¿Qué pasa, Geoffrey? ¿Qué haces? —preguntó ella.

—¡Calla, pequeña! —respondió con una extraña voz ronca—. Duérmete. Estoy inquieto y quiero acabar un trabajo que he dejado sin hacer.

—Tráetelo aquí, esposo mío —dijo ella—, me siento sola y tengo miedo cuando tú estás lejos.

Como respuesta, él la besó simplemente y salió, cerrando la puerta detrás de él. Ella se quedó echada por un rato, y luego la naturaleza se afirmó y se quedó dormida.

De repente, se sobresaltó y se despertó completamente con el recuerdo en sus oídos de un grito ahogado en algún lugar no muy lejano. Se levantó de un salto, corrió a la puerta y se puso a escuchar, pero no había ruido alguno. Se inquietó por su esposo y lo llamó: «¡Geoffrey! ¡Geoffrey!».

Tras unos momentos, se abrió la puerta del gran salón y Geoffrey apareció en ella, pero sin la lámpara.

—¡Calla! —dijo él en una especie de susurro, y su voz era áspera y adusta—. ¡Calla y vete a la cama! Estoy trabajando y no hay que molestarme. ¡Ve a dormir y no despiertes a todo el mundo!

Con un escalofrío en el corazón —pues la aspereza de la voz de su esposo era algo nuevo para ella— se arrastró de vuelta a la cama y se echó en ella temblando, demasiado asustada para llorar, y escuchando cada ruido. Hubo una gran pausa en silencio, y luego el ruido de algún instrumento de hierro dando golpes amortiguados. Entonces le llegó el ruido de una piedra pesada al caer, seguido de un juramento ahogado. Luego el ruido de arrastrar algo, y después más ruidos de piedra sobre piedra. Ella estaba mientras tanto con un miedo agónico y le latía el corazón terriblemente. Oyó un curioso ruido como de raspadura, y entonces hubo silencio. En breve se abrió la puerta suavemente y Geoffrey apareció. Su esposa fingió estar dormida, pero vio a través de las pestañas entreabiertas que se lavaba las manos de algo blanco que parecía cal.

Por la mañana, él no hizo alusión a la noche anterior y ella estaba asustada de hacerle preguntas.

Desde ese día hubo una sombra sobre Geoffrey Brent. No comía ni dormía de la manera que acostumbraba, y revivió su costumbre anterior de darse la vuelta de repente como si alguien le estuviese hablando por detrás. El viejo salón tenía alguna clase de fascinación para él. Solía ir allí muchas veces durante el día, pero se impacientaba si entraba alguien allí, incluso su esposa. Cuando el capataz del constructor vino a informarse sobre continuar el trabajo, Geoffrey estaba fuera paseando; el hombre fue al salón y cuando Geoffrey regresó el sirviente le dijo que había llegado y dónde estaba. Con un desagradable juramento, empujó a un lado al sirviente y se apresuró a ir al viejo salón. El trabajador se reunió con él casi en la puerta, y cuando Geoffrey apareció en la sala, corrió hacia él. El hombre se disculpó:

—Le ruego que me perdone, señor, pero sólo estaba saliendo para hacer algunas indagaciones. Yo pedí que enviasen aquí doce sacos de cal, pero veo que sólo hay diez.

—¡Malditos sean los diez sacos y también los doce! —fue la grosera e incomprensible réplica.

El trabajador estaba sorprendido e intentó cambiar de conversación.

—Señor, veo que hay un asuntillo que nuestra gente debe haber hecho, pero por supuesto el gobernador verá que lo arreglamos sin coste.

—¿Qué quiere decir?

—Es esa piedra de chimenea de aquí, señor. Algún idiota ha debido poner un poste de andamio en ella y la ha agrietado justo por la mitad, y la grieta es lo bastante gruesa como para pensar que pueda aguantar nada.

Geoffrey estuvo en silencio por algunos minutos, y luego dijo con una voz forzada y de una manera mucho más amable:

—Dígale a su gente que no voy a seguir adelante con el trabajo en el salón en este momento. Quiero que se quede como está un poco más de tiempo.

—Muy bien, señor. Voy a enviar unos cuantos hombres para que se lleven esos postes y sacos de cal y que limpien un poco el sitio.

—¡No! ¡No! —dijo Geoffrey—. Déjelos donde están. Le diré cuándo tienen que seguir adelante con el trabajo.

De modo que el capataz se marchó, y el comentario a su jefe fue:

—Yo le enviaría la factura por el trabajo ya hecho, señor. Me parece a mí que el dinero es un poco precario en ese lugar.

Delandre intentó detener una o dos veces a Brent en la carretera y por último, viendo que no podía conseguir su objetivo, cabalgó tras el carruaje gritando:

—¿Qué ha pasado con mi hermana, tu esposa?

Geoffrey fustigó a sus caballos hasta que se pusieron al galope, y el otro, viendo por su cara pálida y por el colapso de su esposa casi hasta el desmayo que había alcanzado su objetivo, se alejó cabalgando con el ceño fruncido y una carcajada.

Esa noche, cuando Geoffrey fue al salón pasó sobre la gran chimenea e inmediatamente volvió a empezar con un grito apagado. Entonces se esforzó en recomponerse y se marchó, volviendo después con una luz. Se agachó sobre la piedra de chimenea rota para ver si la luz de la luna que caía desde la ventana lo había engañado de alguna manera. Entonces, con un gemido de angustia se dejó caer de rodillas.

Allí, en efecto, ¡a través de la grieta de la piedra rota sobresalía una multitud de hebras de cabello dorado con un toque de gris!

Lo interrumpió un ruido en la puerta, miró alrededor y vio que su esposa estaba en la entrada. En la desesperación del momento se puso en marcha para evitar que ella lo descubriese, encendió una cerilla en la lámpara, se inclinó hacia abajo y quemó los cabellos que se alzaban a través de la piedra rota. Luego se alzó tan despreocupadamente como pudo y fingió sorprenderse al ver a su esposa a su lado.

Durante la semana siguiente vivió en el sufrimiento, porque, ya fuese por accidente o a propósito, no pudo estar solo en el salón en ningún momento. En cada visita, el cabello había crecido de nuevo a través de la grieta, y tenía que vigilarlo cuidadosamente, no fuera a ser que se descubriese su secreto. Intentó encontrar un receptáculo para el cuerpo de la mujer asesinada fuera de la casa, pero siempre lo interrumpía alguien, y una vez, cuando salía por la entrada privada, se encontró con su esposa, que empezó a hacerle preguntas sobre ello y que manifestó su sorpresa por no haber notado antes la llave que él le mostraba ahora con reticencia. Geoffrey amaba a su mujer sincera y apasionadamente, de modo que cualquier posibilidad de que ella descubriese sus temibles secretos, o de que dudase siquiera de él, lo llenaba de angustia, y después de que pasaron un par de días, no pudo evitar llegar a la conclusión de que al menos sospechaba algo.

Aquella misma tarde ella fue al salón después de su paseo y lo encontró allí, sentado de mal humor junto a la abandonada piedra de la chimenea. Le habló directamente.

—Geoffrey, me ha estado hablando ese sujeto, Delandre, y dice cosas terribles. Me ha dicho que hace una semana regresó su hermana a su casa, los restos y la ruina de lo que fue su hermana, sólo con su cabello dorado como el de antes, y que le anunció una intención mortal. Me preguntó dónde está ella... y, oh, Geoffrey, ¡ella está muerta! ¡Está muerta! ¿Cómo puede haber regresado entonces? ¡Oh, me siento amedrentada y no sé qué pensar!

Como respuesta, Geoffrey estalló en un torrente de blasfemias que la hicieron estremecerse. Maldijo a Delandre, a su hermana y a toda su estirpe, y sobre todo arrojó maldición tras maldición a su cabello dorado.

—¡Ay! ¡Calla, calla! —dijo ella, y luego se calló ella, porque temió a su esposo cuando vio el mal efecto de su malhumor.

En el torrente de su ira, Geoffrey se levantó y se alejó de la chimenea, pero se detuvo de repente cuando vio una nueva mirada de terror en los ojos de su esposa. Siguió la dirección de su mirada, y entonces él también tembló, porque allí, sobre la piedra de chimenea rota había una mancha dorada, ya que las puntas del cabello se levantaban a través de la grieta.

—¡Mira! ¡Mira! —gritó ella—. ¡Es un espectro de los muertos! ¡Vámonos de aquí, vámonos de aquí!

Y agarrando a su esposo de la muñeca con el frenesí de la locura, tiró de él hasta sacarlo de la habitación.

Esa noche ella estaba con fiebre muy alta. El médico del distrito la atendió inmediatamente, y se telegrafió a Londres para una ayuda especial. Geoffrey estaba desesperado y tan sumido en la angustia por el peligro para su joven esposa, que se olvidó de su propio crimen y de sus consecuencias. Por la tarde, el médico tuvo que marcharse para atender a otros pacientes, pero dejó a Geoffrey a cargo de su esposa. Sus últimas palabras fueron:

—Recuerde que debe usted alegrarla hasta que yo venga por la mañana, o hasta que otro médico tenga su caso entre manos. Lo que usted tiene que temer es otro ataque de emoción. Procure que esté calentita. No puede hacerse nada más.

Aquella noche, tarde, cuando se había retirado el resto de la casa, la esposa de Geoffrey se levantó de la cama y llamó a su esposo.

—¡Ven! —dijo ella—. ¡Ven al salón antiguo! ¡Sé de dónde viene el oro! ¡Quiero verlo crecer!

Geoffrey la habría detenido de buen grado, pero temía por su vida o su razón, pues temía que en un paroxismo gritase su terrible sospecha, y al ver que era inútil tratar de evitárselo, la envolvió con una manta cálida y fue con ella al salón antiguo. Cuando entraron, ella se dio la vuelta, cerró la puerta y la bloqueó.

—¡No queremos extraños entre nosotros tres esta noche! —susurró con una sonrisa lánguida.

—De nosotros tres, nada, nosotros no somos más que dos —dijo Geoffrey con un estremecimiento, temía decir nada más.

—Siéntate aquí —dijo su esposa cuando apagó la luz—. Siéntate aquí al lado de la chimenea y mira crecer el oro. ¡La plateada luz de la luna está celosa! Mira cómo se cuela por el suelo hacia el oro... ¡nuestro oro!

Geoffrey miraba con un horror creciente, y vio que, durante las horas que habían pasado, el cabello dorado había sobresalido más a través de la piedra de chimenea rota. Intentó ocultarlo poniendo los pies sobre el sitio roto, y su esposa acercó a su lado el sillón, se inclinó hacia él y apoyó la cabeza en su hombro.

—No te muevas ahora, querido —dijo—, vamos a quedarnos sentados muy quietos a mirar. ¡Encontraremos el secreto del oro creciente! Él pasó el brazo alrededor de ella y se quedó sentado en silencio, y cuando la luz de la luna se coló por el suelo, ella se hundió en el sueño.

Él temía despertarla, de modo que se quedó sentado mudo y abatido mientras pasaron las horas. Ante sus ojos horrorizados, el cabello dorado de la piedra rota creció y creció, y mientras aumentaba, su corazón se puso cada vez más frío, hasta que el final no tuvo fuerzas para moverse y se quedó sentado con los ojos llenos de terror contemplando su maldición.

Por la mañana, cuando vino el médico de Londres, no pudieron encontrar ni a Geoffrey ni a su esposa. Se hizo una búsqueda por todas las habitaciones, pero sin resultado. Como último recurso, abrieron la gran puerta del gran salón y los que entraron vieron un espectáculo lúgubre y lamentable.

Allí, junto a la chimenea abandonada, estaban sentados Geoffrey Brent y su joven esposa, fríos, blancos y muertos. La cara de ella estaba tranquila y tenía los ojos cerrados como si durmiese, pero la cara de él era una vista que hizo estremecerse a todos los que la vieron, pues en ella había una mirada de horror inenarrable. Sus ojos estaban abiertos y miraban fija y vidriosamente a sus pies, que estaban envueltos en trenzas del cabello dorado con hebras grises que salía a través de la piedra de chimenea rota.

UNA PROFECÍA GITANA

—De veras creo —dijo el doctor— que de todas formas uno de nosotros debería ir e intentar saber si la cosa es una impostura, o no.

—¡Bien! —dijo Considine—. Depués de la cena encenderemos nuestros cigarros y nos daremos un paseo hasta el campamento.

Por lo tanto, cuando acabó la cena y se terminó el *La Tour*[16], Joshua Considine y su amigo, el doctor Burleigh, fueron al lado este del páramo, donde estaba el campamento gitano. Cuando estaban saliendo, Mary Considine, que había caminado hasta el final del jardín, donde éste se abría a la calle estrecha, llamó a su esposo:

—Ten cuidado, Joshua, vas a darles una oportunidad justa, pero no les des ninguna pista de nuestra fortuna... Y no te pongas a tontear con ninguna de las gitanas jóvenes... ¡y cuídate de mantener fuera de peligro a Gerald!

Como respuesta, Considine levantó la mano como si estuviese prestando juramento en un escenario, y silbó la melodía de la vieja canción *La condesa gitana*. Gerald se unió al compás y después, estallando en una risa alegre, los dos hombres pasaron por el callejón a la carretera común, dándose la vuelta de cuando en cuando para saludar con la mano a Mary, que se apoyaba en el portón, preocupándose por ellos en el crepúsculo.

Era una encantadora tarde de verano, el propio aire estaba lleno de paz y de silenciosa felicidad, como si fuera una extensión de felicidad exterior de la paz y la alegría que hacían un paraíso de la casa de los jóvenes casados. La vida de Considine no había sido muy ajetreada. El único elemento perturbador que hubiera conocido jamás estaba en su cortejo de Mary Winston, y la larga y continua oposición de los ambiciosos padres de ella, que se esperaban un emparejamiento brillante para su única hija. Cuando el señor y la señora Winston descubrieron el apego del joven abogado, intentaron mantener separados a los jóve-

---

16   Se refiere a un vino francés de gran calidad, producido cerca de Burdeos.

nes enviando lejos a su hija a una larga serie de visitas, haciendo que ella les prometiera que no se escribiría con su enamorado durante su ausencia. Sin embargo, el amor soportó el examen. Ni la ausencia ni el abandono enfriaron la pasión del joven, y los celos le eran desconocidos a su naturaleza sanguínea, de modo que, tras un largo período de espera, los padres cedieron y los jóvenes se casaron.

Llevaban unos pocos meses viviendo en la casita de campo, y estaban justo empezando a sentirse en casa. Gerald Burleigh, el viejo amigo de universidad de Joshua, y él mismo víctima por un tiempo de la belleza de Mary, había llegado una semana antes para quedarse con ellos durante todo el tiempo que él pudiera alejarse de su trabajo en Londres.

Cuando su marido había desaparecido, Mary fue a la casa, se sentó al piano y le concedió una hora a Mendelssohn.

Era sólo un corto paseo por la carretera general, y antes de que tuviesen que renovar los cigarros los dos hombres llegaron al campamento gitano. El lugar era tan pintoresco como lo son todos los campamentos gitanos habitualmente, cuando estaban en los pueblos o cuando los negocios iban bien. Había unas pocas personas alrededor del fuego invirtiendo su dinero en profecías, y un gran número de otras, más pobres o más parcas, estaban justo fuera de los límites, pero lo bastante cerca para ver todo lo que pasaba.

Cuando se aproximaron los dos caballeros, los aldeanos, que conocían a Joshua, les dejaron paso un poco, y una preciosa muchacha gitana con buen ojo se les acercó y preguntó si podía echarles la buenaventura. Joshua estiró la mano, pero la muchacha, sin verla aparentemente, lo miró a la cara de una manera muy rara. Gerald le dio un codazo:

—Tienes que cruzarle la mano con plata —dijo—, es una de las partes más importantes del misterio.

Joshua se sacó media corona del bolsillo y se la tendió a ella, pero ella respondió sin mirarla:

—Tienes que cruzar la mano de la gitana con oro.

Gerald se rio.

—Tienes un sujeto de primera calidad —dijo.

Joshua era de ese tipo de hombres —el tipo universal— que pueden tolerar que les mire una muchacha bonita, de modo que, con poca deliberación, respondió:

—Muy bien, aquí tienes, muchacha bonita, pero tienes que darme una suerte muy buena por ella.

Y le pasó medio soberano, que ella agarró diciendo:

—A mí no me corresponde dar buena o mala suerte, sino sólo leer lo que las estrellas hayan dicho.

Agarró su mano derecha y volvió la palma hacia arriba, pero en el momento que se encontraron sus ojos la dejó caer como si hubiese estado muy caliente, y con una mirada sorprendida se marchó rápidamente. Levantó la cortina de la tienda grande que ocupaba el centro del campamento y desapareció dentro de ella.

—¡Vendido otra vez! —dijo el cínico Gerald.

Joshua se quedó un poco sorprendido y no completamente satisfecho. Ambos observaron la gran tienda. Al poco rato surgió por la abertura no ya la muchacha, sino una mujer de aspecto majestuoso, de mediana edad e imponente presencia.

El momento en que apareció todo el campamento se quedó inmóvil. El clamor de las conversaciones, las risas y el ruido del trabajo se detuvieron por unos segundos, y todos los hombres y las mujeres que estaban sentados, o agachados, o tumbados, se levantaron y miraron a la gitana de aspecto señorial.

—La reina, por supuesto —murmuró Gerald—. Estamos de suerte esta noche.

La reina gitana lanzó una mirada escrutadora alrededor del campamento y luego, sin vacilar ni un instante, vino directamente a nosotros y se quedó ante Joshua

—Tiéndeme la mano —dijo con tono dominante.

Gerald volvió a hablar, *sotto voce*[17].

—No me han hablado así desde que estaba en el colegio.

—Tu mano debe estar cruzada con oro.

—Estoy al ciento por ciento en este juego —susurró Gerald mientras Joshua ponía otro medio soberano en su palma vuelta hacia arriba.

---

[17] En voz baja.

La gitana miró la mano con las cejas fruncidas y luego, mirándolo de repente a la cara, dijo:

—¿Tienes una voluntad fuerte? ¿Tienes un corazón verdadero que pueda ser valiente para uno que ames?

—Eso espero, pero me temo que no tengo la vanidad suficiente para decir «sí»

—Entonces responderé en tu lugar, porque leo resolución en tu cara una resolución desesperada y decidida si hace falta. ¿Tienes una esposa a quien amas?

—Rotundamente, sí.

—Entonces déjala inmediatamente y no vuelvas a verle la cara nunca. Aléjate de ella ahora, mientras el amor es fresco y tu corazón está libre de malas intenciones. Vete aprisa... y vete lejos, ¡y no vuelvas a verle la cara otra vez!

Joshua retiró rápidamente la mano y dijo: «¡Gracias!» fría pero sarcásticamente cuando empezó a alejarse.

—¡No te veas! —dijo Gerald—. No te quedes así, viejo, es inútil indignarse con las estrellas o con su profeta, y encima con tu sobrerano, ¿qué pasa con eso? Al menos, escucha el asunto del todo.

—¡Silencio, grosero! —ordenó la gitana—. No sabes lo que haces. Deja que se vaya, y que se vaya ignorante si no quiere que le avisen.

Joshua se dio la vuelta inmediatamente.

—Sea como sea, vamos a ver esto por entero —dijo—. Bueno, señora, usted me ha dado un consejo, pero yo he pagado por un destino.

—¡Quedas avisado! —dijo la gitana—. Las estrellas han estado mudas durante mucho tiempo, deja que el misterio las envuelva todavía.

—Mi querida señora, no todos los días me pongo cerca de un misterio, y por mi dinero prefiero conocimiento, más que ignorancia. Esa última mercancía puedo conseguirla por nada cuando quiero algo de ella.

Gerald se hizo eco de la opinión.

—En cuanto a mí, tengo un ganado grande e invendible a mano.

La reina gitana miró a los dos hombres duramente y luego dijo:

—Como desees. Has escogido por ti mismo, y habéis respondido con desprecio al aviso y con ligereza a la llamada. ¡Que la maldición caiga sobre vuestras cabezas!

—¡Amén! —dijo Gerald.

Con un gesto apremiante, la reina agarró la mano de Joshua y empezó a decirle su destino.

—Aquí veo fluir la sangre, fluirá antes de que pase mucho tiempo, está corriendo a mi vista. Fluye a través del círculo roto de un anillo cortado.

—¡Continúe! —dijo Joshua sonriendo; Gerald estaba callado.

—¿Debo hablar más llanamente?

—Desde luego; nosotros, los mortales comunes y corrientes, queremos algo que sea más preciso. Las estrellas están muy lejos y en cierto modo sus palabras se quedan más opacas en el mensaje.

La reina se estremeció y después habló imponentemente:

—Esta es la mano de un asesino... ¡el asesino de su esposa!

Dejó caer la mano y se dio la vuelta.

Joshua se rio.

—¿Sabe? —dijo él—. Creo que si yo fuese usted, profetizaría con algo de jurisprudencia en mi sistema. Por ejemplo, usted ha dicho «esta mano es la mano de un asesino»; bueno, cualquier cosa que pueda estar en el futuro, o potencialmente, no lo está en el presente. Usted debe dar su profecía en términos como «la mano que será la de un asesino», o mejor aún, «la mano de uno que será el asesino de su esposa». Verdaderamente, las estrellas no son muy buenas en cuestiones técnicas.

La gitana no dio respuesta de ningún tipo, pero, con la cabeza gacha y aspecto desanimado, caminó lentamente a su tienda, levantó la cortina y desapareció.

Los dos hombres se dirigieron a casa sin hablar y caminaron por el páramo. Al poco, después de alguna vacilación, habló Gerald:

—Por supuesto, todo esto es un chiste, viejo, un chiste malísimo, pero sigue siendo un chiste. Pero, ¿no sería bueno que nos lo quedásemos para nosotros?

—¿Qué quieres decir?

—Bueno, no decírselo a tu esposa, podría asustarla.

—¡Asustarla! Mi querido Gerald, ¿en qué estás pensando? Pues ella no estaría asustada de mí ni me temería aunque todos los gitanos que han venido alguna vez de Bohemia estuviesen de acuerdo en que yo iba a matarla, o que pensara mal de ella siquiera, con tal de que ella no se diera cuenta.

Gerald protestó:

—Viejo amigo, las mujeres son supersticiosas, mucho más que los hombres, y también están bendecidas, o maldecidas, con un sistema nervioso para el que somos extraños. Veo demasiadas cosas como esa en mi trabajo como para no darme cuenta. Sigue mi consejo y no se lo digas, o vas a asustarla.

Los labios se le endurecieron inconscientemente cuando respondió:

—Mi querido compañero, no voy a tener secretos para mi esposa. Eso sería el inicio de un orden nuevo de las cosas entre nosotros. No tenemos secretos el uno para el otro. Si alguna vez los tenemos, puedes empezar a buscar algo extraño entre los dos.

—Aun así —dijo Gerald—, a riesgo de una intromisión inoportuna, digo otra vez que estás avisado a tiempo.

—Las propias palabras de la gitana —dijo Joshua—, tú y ella estáis de acuerdo. Dime, viejo, ¿es esto una cosa preparada? Tú me hablaste del campamento gitano, ¿lo arreglaste todo con Su Majestad?

Esto lo dijo con un aire de sinceridad bromista. Gerald le aseguró que sólo se había enterado del campamento esa mañana, pero se burlaba de cada respuesta de su amigo, y durante la broma pasó el tiempo y entraron en la casita de campo.

Mary estaba sentada al piano, pero no estaba tocando. El tenue crepúsculo había despertado algunos sentimientos tiernos en su pecho y sus ojos estaban llenos de dulces lágrimas. Cuando entraron los hombres, ella caminó sigilosamente hacia su esposo y lo besó. Joshua adoptó una actitud trágica.

—Mary —dijo con voz profunda—, antes de que te acerques a mí escucha las palabras del Destino. Las estrellas han hablado y el destino está sellado.

—¿Qué es eso, querido? Dime el futuro, pero no me asustes.

—Para nada, querida mía, pero hay una verdad que está bien que sepas. No, no, es necesaria, de manera que puedas hacer todos tus arreglos de antemano; todo estará decentemente hecho y ordenado.

—Continúa, querido, te escucho.

—Mary Considine, tu efigie puede verse ya en el museo de la señora Tussaud. Las juri-imprudentes estrellas han anunciado sus mortales noticias de que esta mano está roja de sangre... ¡de tu sangre, Mary! ¡Mary! ¡Ay, Dios mío!

Él saltó hacia adelante, pero demasiado tarde para recogerla antes de que cayese desmayada al suelo.

—Te lo dije —dijo Gerald—, tú no las conoces tanto como yo.

Un poco después, Mary se recuperó de su desvanecimiento, pero sólo para caer en una fuerte histeria, en la que reía, lloraba, desvariaba y gritaba.

—¡Apartadlo de mí!... De mí, a Joshua, mi esposo.

Y muchas otras palabras de súplica y de miedo.

Joshua Considine se encontraba en un estado de ánimo que bordeaba el sufrimiento, y cuando por fin Mary se calmó, se arrodilló ante ella, le besó los pies, las manos y el cabello, le llamó todos los nombres dulces y dijo todas las cosas tiernas que pudieron formar sus labios. Toda aquella noche se quedó sentado a su cabecera y le sostuvo la mano. Hasta bien entrada la noche y cerca del alba, ella se despertaba del sueño y lloraba como si tuviese miedo, hasta que la consoló la conciencia de que su marido la observaba a su lado.

A la mañana siguiente el desayuno fue tardío, pero durante él Joshua recibió un telegrama que le solicitaba que fuese a Withering, a más de treinta kilómetros. Estaba reacio a ir, pero Mary no quiso que se quedara, así que antes del mediodía salió solo en su carruaje de dos ruedas.

Cuando se hubo retirado, Mary se retiró a su habitación. No se presentó al almuerzo, pero cuando se sirvió el té de la tarde sobre el césped, bajo el gran sauce llorón, fue a reunirse con su invitado. Tenía un aspecto muy recuperado de su padecimiento de la tarde anterior. Después de algunos comentarios informales le dijo a Gerald:

—Por supuesto, lo de anoche fue una gran tontería, pero no pude evitar sentirme asustada; de hecho todavía me sentiría así si me permitiese pensar en ello. Pero a fin de cuentas, esa gente sólo puede imaginarse cosas y tengo una prueba, que a duras penas puede fallar, de que esa predicción es falsa... si es que de verdad es falsa —añadió tristemente.

—¿Cuál es tu plan? —preguntó Gerald.

—Iré yo misma al campamento gitano y haré que la reina me eche la suerte.

—Magistral. ¿Puedo ir contigo?

—¡Oh, no! Eso lo estropearía. Ella podría reconocerte y adivinar quién soy, y adaptar su declaración en consecuencia. Esta tarde iré sola.

Cuando pasó el mediodía, Mary Considine se puso en camino hacia el campamento gitano. Gerald fue con ella hasta el borde más cercano a la carretera y volvió solo.

Apenas había pasado media hora cuando Mary entró en el salón, donde él estaba echado leyendo en un sofá. Estaba espantosamente pálida y en un estado de máxima agitación. Apenas había cruzado el umbral cuando se vino abajo y se hundió gimiendo sobre la alfombra. Gerald se apresuró a ayudarla, pero ella se controló con un gran esfuerzo y le hizo gestos de que estuviese callado. Él esperó, y su dispuesta consideración con su deseo fue su mejor ayuda, pues en pocos minutos se había recuperado un poco y pudo decirle lo que había ocurrido.

—Cuando llegué al campamento —dijo ella— no había ni un alma. Fui al centro y me quedé allí. De repente, un mujer alta se puso a mi lado.

—¡Algo me ha dicho que se me necesitaba! —dijo. Yo tendí la mano y puse una medalla de plata en ella. La gitana agarró de su cuello una pequeña baratija dorada y la puso allí también. Luego se apoderó de las dos y las arrojó al arroyo que corría por allí. Entonces tomó mi mano entre las suyas y habló:

—No hay nada más que sangre en este lugar vergonzoso —y se alejó.

Yo la atrapé y le pedí que me dijera más. Después de algunas vacilaciones, dijo:

—¡Ay! ¡Qué lástima! Veo que estás echada a los pies de tu esposo y que sus manos están rojas de sangre.

Gerald no se sentía cómodo en absoluto, y trató de reírse de ello.

—Sin duda alguna, esta mujer está loca por los asesinatos —dijo.

—No te rías —dijo Mary—, no puedo soportarlo.

Y entonces, como por un impulso repentino, salió de la habitación. No mucho después regresó Joshua, radiante y alegre, tan hambriento como un cazador después de su largo recorrido. Su presencia alegró a su esposa, que parecía mucho más luminosa, pero no mencionó el incidente de la visita al campamento gitano, así que Gerald tampoco lo hizo. Como si fuese por consentimiento tácito, no se aludió al asunto durante la tarde, pero había un aspecto extraño en la cara de Mary que Gerald no pudo dejar de observar.

Por la mañana, Joshua bajó a desayunar más tarde que lo habitual. Mary había estado levantada por la casa desde una hora temprana, pero cuando fue pasando el tiempo se puso un poco nerviosa y de cuando en cuando lanzaba una mirada inquieta alrededor.

Gerald no pudo evitar darse cuenta de que ninguno de los que estaban en el desayuno pudo ponerse de forma satisfactoria con su comida. En general, no era que las chuletas estuviesen duras, sino que todos los cuchillos estaban muy romos. Él, siendo un invitado, no dio señal de ello, pero vio inmediatamente que Joshua pasaba la yema del pulgar sobre el borde de su cuchillo de una manera inconsciente. Con ese gesto, Mary palideció y casi se desmayó.

Después del desayuno todos salieron al césped. Mary estaba haciendo un ramillete y le dijo a su esposo: «tráeme unas cuantas rosas de té, querido».

Joshua arrancó un grupo del frente de la casa. Los tallos se doblaban, pero eran demasiado duros para romperlos. Se metió la mano en el bolsillo para hacerse con su navaja, pero en vano. «Préstame tu navaja, Gerald», dijo, pero Gerald no tenía ninguna, de modo que fue a la sala del desayuno y agarró un cuchillo de la mesa. Salió tanteando el filo y gruñendo.

—¿Qué diantres les ha ocurrido a todos los cuchillos? Los filos están romos...

Mary se dio la vuelta precipitadamente y entró en la casa.

Joshua intentó cortar los tallos con el cuchillo romo como cortan los cocineros de campo los cuellos de las aves de corral, o como los escolares cortan un cordel. Acabó la tarea con un poco de esfuerzo. El grupo de rosas de té se hizo más tupido, pues se había decidido a recoger un gran manojo.

No pudo encontrar un solo cuchillo afilado en el aparador donde se guardaba la cuchillería, de manera que llamó a Mary y cuando ella vino le dijo el estado de las cosas. Ella tenía un aspecto tan agitado y tan deprimido, que él no pudo evitar saber la verdad y, como si estuviese pasmado y dolido, le preguntó:

—¿Quieres decir que esto lo has hecho tú?

Ella lo interrumpió:

—¡Oh, Joshua! Estaba muy asustada.

Él hizo una pausa, y un aspecto fijo y blanquecino le subió a la cara.

—¡Mary! —dijo él—. ¿Es esta toda la confianza que tienes en mí? No lo habría creído.

—¡Oh, Joshua! ¡Joshua! —lloró ella de modo suplicante—. ¡Perdóname!

Y se puso a llorar amargamente. Joshua pensó por un momento y luego dijo:

—Ya veo lo que es. Será mejor que acabemos con esto, o todos nos volveremos locos.

Fue corriendo al salón.

—¿Adónde vas? —casi gritó Mary.

Gerald vio qué intención tenía Joshua: que él no iba a atarse a instrumentos romos por la fuerza de una superstición. Por eso no se sorprendió cuando lo vio salir por la cristalera llevando en la mano un gran cuchillo gurka, que habitualmente estaba en la mesa de centro y que su hermano le había enviado desde el norte de la India. Era uno de esos grandes cuchillos de caza que en el combate cuerpo a cuerpo hacían tantos estragos a los enemigos de los leales gurkas durante el amotinamiento del ejército indio. Era muy pesado, pero estaba tan bien equilibrado que resultaba ligero en la mano, y estaba afilado como una cuchilla. Con uno de esos cuchillos, un gurka podía partir a una oveja en dos.

Cuando Mary lo vio salir de la sala con el arma en la mano, gritó con un dolor tremendo y la histeria de la última noche se renovó enseguida.

Joshua corrió hacia ella, y al verla caer arrojó el cuchillo al suelo e intentó agarrarla.

Sin embargo, llegó un segundo demasiado tarde, y los dos hombres gritaron de horror a la vez cuando la vieron caer sobre la desnuda hoja del arma.

Cuando Gerald acudió corriendo, vio que, al caer, la mano izquierda de ella había golpeado la hoja, que estaba levantada en parte sobre la hierba. Algunas de las venas pequeñas quedaron cortadas y la sangre manaba libremente de la herida. Cuando las estaba vendando le señaló a Joshua que el anillo de bodas había sido cortado por la hoja de acero.

La llevaron desmayada a la casa. Después de un rato, cuando salió con el brazo en cabestrillo, estaba con la mente tranquila y se sentía contenta. Le dijo a su esposo:

—La gitana ha estado extraordinariamente cerca de la verdad, demasiado cerca para que la cosa real sucediese alguna vez, querido.

Joshua se inclinó y besó la mano herida.

LA VENIDA DE ABEL BEHENNA

El pequeño puerto de Pencastle, en Cornualles, brillaba a principios de abril cuando el sol ya había venido a quedarse tras un largo y duro invierno. La roca se destacaba negra y nítida sobre un trasfondo de azul matizado, donde el cielo que se fundía en neblina se encontraba con el lejano horizonte. El mar tenía la tonalidad de Cornualles: azul zafiro, excepto donde era color esmeralda oscuro en las insondables profundidades bajo los acantilados, donde las cuevas abrían sus sombrías quijadas. En las cuestas, la hierba estaba reseca y marrón. Los pinchos de los arbustos de aliaga estaban de color gris ceniciento, pero el dorado amarillo de sus flores ondeaba por las laderas de las colinas, subiendo y bajando en líneas allí donde la roca salía de la nada, y disminuyendo en parches y puntos hasta extinguirse completamente donde los vientos marinos azotaban los sobresalientes acantilados y frenaban en seco la vegetación, como si fueran unas incansables tijeras aéreas. Toda la ladera, con su cuerpo marrón y sus destellos de amarillo, era como un carpintero escapulario[18] colosal.

El pequeño puerto se abría desde el mar entre acantilados altísimos y tras una roca solitaria, atravesada por muchas cuevas y agujeros tallados por el viento, por los que enviaba el mar su atronadora voz en la época de las tormentas junto con surtidores de espuma amontonada. Desde allí se enroscaba al oeste en un trayecto serpenteante, protegido en su entrada por dos pequeños muelles curvados a izquierda y derecha. Éstos estaban construidos toscamente con oscuras lajas colocadas de canto y sujetas con grandes travesaños atados con bandas de hierro. Desde allí surgía el rocoso lecho del arroyo, cuyos torrentes invernales habían ido recortando desde antiguo su camino entre las colinas. El arroyo era profundo al principio, y aquí y allá, donde se ensanchaba, tenía áreas de piedras rotas que sobresalían cuando el agua estaba baja, llenas de agujeros donde se podían encontrar cangrejos

---

[18] Ave de cabeza y pecho amarillo, con el lomo marrón y muy rayado.

y bogavantes en la marea baja. De entre las piedras surgían postes fuertes que se utilizaban para amarrar los pequeños barcos litorales que frecuentaban el puerto. Más arriba, el arroyo fluía aún profundamente, pues la marea entraba tierra adentro, pero siempre con calma, pues toda la fuerza de la tormenta más salvaje se rompía más abajo. A unos cuatrocientos metros tierra adentro, la ría era profunda en la marea alta, pero en la marea baja había a cada lado áreas de la misma piedra quebrada que había abajo, a través de cuyas rendijas chorreaba y murmuraba el agua dulce natural del arroyo, después de que la marea se hubiese retirado. Aquí también se alzaban postes de amarre para los barcos de los pescadores. A cada lado del arroyo había una fila de casitas de campo que estaban casi al nivel de la marea alta. Eran casitas muy bonitas, fuerte y cómodamente construidas, con estrechos jardines bien cuidados delante, llenos de plantas pasadas de moda, grosselleros florecientes, coloreadas prímulas, alhelíes y uñas de gato. Sobre las fachadas de muchas de ellas trepaban clemátides y glicinias. Las jambas de las puertas y las ventanas de todas ellas eran tan blancas como la nieve, y el pequeño sendero que iba a cada una estaba empavesado con piedras de colores luminosos. En algunas de las puertas había porches diminutos, mientras que en otras había asientos rústicos hechos de troncos de árboles o de barriles viejos; en prácticamente todos los casos, los alféizares de las ventanas estaban llenos de cajones o de macetas con flores y plantas de fronda.

Dos hombres vivían en casas exactamente enfrentadas la una a la otra cruzando la corriente. Dos hombres, ambos jóvenes, ambos apuestos, ambos prósperos, que habían sido compañeros y rivales desde la infancia. Abel Behenna era oscuro, con la oscuridad gitana que los errantes mineros fenicios dejaron tras su paso; Eric Sanson —que el anticuario local dijo que era una corrupción de Sagamanson— era blanco, con la tonalidad rubicunda que señala el paso de los salvajes hombres del norte. Aquellos dos se habían identificado entre sí desde el principio mismo para trabajar y esforzarse juntos, para luchar por cada uno y estar mano a mano en todos los empeños. Ahora habían puesto la piedra cumbre en su Templo de Unidad al enamorarse de la misma muchacha. Sara Trefusis era indudablemente la muchacha más bonita de Pencastle, y había muchos jóvenes que habrían probado suerte de buen grado con ella, pero que hubiera dos contra los que contender, y que cada uno de ellos fuese el hombre más fuerte y decidido del puerto excepto el otro, el joven medio pensaba que era demasiado difícil, y a cuenta de ello no tenía buena voluntad con ninguno de los tres protagonistas; mientras que las jóvenes promedio que tenían que tolerar, no fuese a ser que les cayese algo peor, los gruñidos de sus queridos y la sensación de ser sólo la segunda mejor que ello implicaba, tampoco miraban a Sarah con un ojo amistoso. De este modo ocurrió que, en el transcurso de un año o así, porque el cortejo rústico es un proceso lento, los dos hombres y la mujer se vieron mucho juntos. Todos ellos estaban satisfechos, así que no importaba, y Sarah, que era vanidosa y algo frívola, se ocupó de vengarse tanto de hombres como de mujeres de una manera silenciosa. Cuando una joven que va de paseo sólo puede presumir de un joven no muy satisfecho, para ella no es un gusto especial ver que su acompañante le pone ojos tiernos a una muchacha más agraciada y respaldada por dos pretendientes leales.

Después de un tiempo, llegó el momento que Sarah temía y que había tratado de alejar, el momento en el que tenía que elegir entre los dos hombres. Le gustaban los dos, y de hecho cualquiera de ellos podría haber satisfecho las ideas de una muchacha incluso más exigente, pero su mente estaba constituida de tal forma, que ella pensaba más en lo que podía perder que en lo que podía ganar, y cada vez que creía que se había decidido, le asaltaban dudas al instante sobre la sensatez de su elección. Era siempre que el hombre a quien presuntamente perdía se dotaba de nuevo con una serie de ventajas nuevas y más abundantes que las que hubieran surgido alguna vez de la posibilidad de ser aceptado. Le prometió a cada uno de ellos que le daría una respuesta el día de su cumpleaños, y ese día, el once de abril, había llegado ya. Las promesas se habían entregado por separado y confidencialmente, pero cada una le fue dada a un hombre que no era probable que olvidase. A primera hora de la mañana se encontró con ambos hombres merodeando por su puerta. Ninguno le había contado su confidencia al otro, y cada uno de ellos buscaba sencillamente una oportunidad de conseguir la respuesta y de acelerar su demanda si fuera necesario. Como regla, Damón no se llevaba a Pitias[19] con él cuando hacía una propuesta de matrimonio, y en el corazón de cada

---

[19] Damón y Pitias son el símbolo de la amistad llevada hasta el peligro de muerte.

uno sus propios asuntos tenían una reivindicación muy por encima de los requisitos de la amistad. De modo que a lo largo del día estuvieron acompañándose en la puerta. Indudablemente, la situación era un poco embarazosa para Sarah, y aunque la satisfacción de su vanidad por que fuese adorada de esa manera era muy agradable, hubo momentos en los que se enojaba con los dos hombres por ser tan persistentes. El único consuelo que tenía en esos momentos era que veía, a través de las elaboradas sonrisas de las demás muchachas cuando se percataban al pasar de que su puerta estaba doblemente guardada, los celos que les llenaban el corazón. La madre de Sarah era una persona de ideas vulgares y despreciables y, viendo todo el tiempo el estado del asunto, su única intención, persistentemente expresada a su hija con las palabras más llanas, era la de arreglar los asuntos de tal manera que Sarah consiguiese todo lo posible de los dos hombres. Con ese propósito se había mantenido astutamente tan alejada en el trasfondo como le era posible en el asunto de los galanteos de su hija, y observaba en silencio. Al principio, Sarah había estado indignada con ella por sus despreciables puntos de vista, pero, como de costumbre su débil naturaleza cedió el paso ante la persistencia y ahora había llegado a la etapa de la aceptación pasiva. No se sorprendió cuando su madre le susurró en el pequeño jardín detrás de la casa:

—Vete por un rato colina arriba, quiero hablar con esos dos. Ambos están encendidos por ti, ¡y ahora ha llegado el momento de arreglar las cosas!

Sarah inició una protesta débil, pero su madre la frenó en seco.

—¡Ya te digo, niña, que mi mente se ha decidido! Esos dos hombres te quieren a ti, y sólo uno puedes tener, pero antes de que elijas, ¡las cosas estarán arregladas de una manera que tendrás todo lo que ellos tienen! ¡No discutas, niña! Ve colina arriba y cuando vuelvas lo tendré todo arreglado, ¡veo una manera muy fácil de conseguirlo!

De modo que Sarah subió colina arriba por los estrechos senderos entre la dorada aulaga y la señora Trefusis se reunió con los dos hombres en la sala de la casita.

Ella abrió el ataque con el valor desesperado que tienen todas las madres cuando piensan en sus hijos, por mezquinos que puedan ser sus pensamientos.

—Vosotros dos, hombres, estáis enamorados de mi Sarah.

Su vergonzoso silencio le dio consentimiento a la descarada propuesta. Ella siguió diciendo:

—¡Ninguno de vosotros tiene mucho!

Una vez más, ellos se sometieron tácitamente a la suave acusación.

—¡No sé si alguno de vosotros puede mantener a una esposa!

A pesar de que ninguno dijo ni una palabra, sus miradas y su comportamiento expresaban una marcada disconformidad. La señora Trefusis siguió adelante, diciendo:

—Pero si juntáis lo que tenéis cada uno, haríais una casa cómoda para uno de vosotros... ¡y para Sarah!

Miró a los hombres intensamente con sus astutos ojos medio cerrados, como cuando habló, y entonces, satisfecha por su escrutinio de que la idea se aceptaba, siguió adelante rápidamente, como para evitar la discusión.

—A la muchacha le gustáis los dos, y acaso sea difícil para ella elegir. ¿Por qué no os la jugáis a cara o cruz? Primero reunid vuestro dinero, cada uno tenéis reservado un poco, lo sé. Que el hombre afortunado se lleve el lote y comercie un poco con él, y que entonces venga a casa y se case con ella. ¡Supongo que ninguno de vosotros está asustado! ¡Y ninguno de vosotros podrá decir que no hará todo eso por la muchacha que los dos decís que amáis!

Abel rompió el silencio:

—¡No me parece a mí que sea correcto echar suertes por la muchacha!

—A ella no le gustaría, y no es respetuoso con ella —interrumpió Eric.

Era consciente de que su posibilidad no era tan buena como la de Abel en caso de que Sarah desease elegir entre los dos.

—¿Es que os da miedo el azar?

—¡A mí, no! —dijo Abel con valentía.

Viendo que su idea empezaba a funcionar, la señora Trefusis continuó con su ventaja.

—¿Queda establecido que vosotros juntaréis vuestro dinero para hacer un hogar para ella, tanto si os la jugáis a cara o cruz, como si le dejáis a ella que elija?

—Sí —dijo rápidamente Eric, y Abel estuvo de acuerdo con la misma firmeza.

Los pequeños ojos astutos de la señora Trefusis centellearon. Oyó los pasos de Sarah en la entrada y dijo:

—¡Bueno!, aquí viene, y yo se lo dejo a ella —y salió.

Durante su breve paseo por la colina, Sarah había estado intentando decidirse. Casi se sentía enojada con los dos hombres por ser la causa de su problema, y cuando entró en la sala, dijo de modo cortante:

—Quiero hablar con vosotros dos, vamos a Flagstaff Rock[20], donde podremos estar a solas.

Ella agarró su sombrero y salió de la casa por el serpenteante camino a la empinada roca coronada con un alto mástil en el que una vez solía arder la cesta del fuego de los «desguazadores»[21]. Esa era la roca que formaba la quijada norte del pequeño puerto. Sólo había espacio para dos a la vez, y marcó el estado de las cosas muy bien cuando, en una especie de arreglo implícito, Sarah iba delante y los dos hombres la seguían, caminando juntos y manteniendo el paso. Para entonces, el corazón de cada uno de ellos se consumía de celos. Cuando llegaron a la cima de la roca, Sarah se apoyó en el mástil y los dos jóvenes se quedaron frente a ella, que había escogido su posición con conocimiento y con intención, pues no había sitio para que nadie más se quedase a su lado. Todos estuvieron en silencio por un rato, entonces Sarah empezó a reírse y dijo:

—Os he prometido a los dos que os daría una respuesta hoy. He estado pensando y pensando y pensando, hasta que empecé a enojarme con vosotros dos por fastidiarme tanto, e incluso ahora no estoy más cerca de decidirme que lo que he estado nunca.

Eric dijo de repente:

—¡Vamos a jugárnoslo a cara o cruz, muchachita!

Sarah no mostró indignación alguna ante la propuesta, la constante sugerencia de su madre le había enseñado a aceptar algo de esa clase, y su débil naturaleza hizo que le fuese fácil agarrarse a cualquier salida del problema. Estaba con los ojos bajos recogiendo algo de la manga de su vestido, con aspecto de consentir tácitamente la propues-

---

[20] Roca del mástil.
[21] Personas que atraían a los barcos con luces falsas para provocar su naufragio y apoderarse de su contenido.

ta. Los dos hombres, percatándose instintivamente de ello, se sacó cada uno una moneda del bolsillo, la lanzaron girando al aire y pusieron la otra mano sobre la palma en la que había caído. Se quedaron así por unos segundos, todos en silencio, y entonces Abel, que era el más considerado de los hombres, dijo:

—¡Sarah! ¿Está bien esto?

Cuando habló, retiró la mano de arriba de la moneda y se puso esta última otra vez en el bolsillo. Sarah estaba irritada.

—¡Bien o mal, es suficientemente bueno para mí! —dijo ella—. Tómalo o déjalo, como quieras.

A eso replicó él rápidamente:

—¡No, muchachita! Cualquier cosa que te concierna es suficientemente buena para mí. No he hecho más que pensar en ti, no fuera a ser que tuvieses pena o decepción en lo sucesivo. Si amas a Eric más que a mí, en nombre de Dios, dilo, creo que soy lo bastante hombre como para echarme a un lado. Igualmente, si soy yo el elegido, ¡no nos hagas sufrir toda la vida!

Enfrentada con un problema, se mostró la débil naturaleza de Sarah, se puso las manos delante de la cara y empezó a llorar, diciendo:

—Ha sido mi madre. ¡No deja de decírmelo!

El silencio que siguió fue roto por Eric, que le dijo acaloradamente a Abel:

—¿Es que no puedes dejar a la muchacha en paz? Si quiere elegir de esta manera, déjala que lo haga. Es lo bastante bueno para mí... ¡y también para ti! Ella lo ha dicho ahora, ¡y debe atenerse a ello!

En ese momento, Sarah se volvió hacia él con furia repentina, y exclamó:

—¡Mantén la boca cerrada! ¿A ti qué te importa, de todas maneras?

Y reanudó sus llantos. Eric estaba tan estupefacto que no tenía ni una palabra que decir, sino que se quedó con un aspecto especialmente estúpido, con la boca abierta y las manos extendidas sujetando todavía la moneda entre ellas. Todos se quedaron callados hasta que Sarah se quitó las manos de la cara, se rio histéricamente y dijo:

—¡Como no podéis decidiros, me voy a mi casa! —y se volvió para irse.

—¡Detente! —dijo Abel con voz autoritaria—. Eric, arroja tú la moneda y yo pido cara o cruz. Bueno, antes de que lo dejemos establecido, vamos a comprender claramente que el hombre que gane se lleva todo el dinero que tenemos los dos, se lo lleva a Bristol, se va de viaje y comercia con él. Entonces vuelve, se casa con Sarah y los dos se quedan con todo, sea lo que sea, como resultado del comercio. ¿Es esto lo que entendemos?

—Sí —dijo Eric.

—Yo me casaré en mi próximo cumpleaños con el que gane —dijo Sarah.

Al decir esto, la naturaleza intolerablemente mercenaria de su acto la asaltó y se dio la vuelta impulsivamente muy ruborizada. El fuego chispeó en los ojos de los dos hombres.

—¡Pues un año será! —dijo Eric—. El hombre que gane tendrá un año.

—¡Lánzala! —exclamó Abel.

La moneda dio vueltas por el aire, Eric la atrapó y la mantuvo entre sus manos estiradas.

—¡Cara! —exclamó Abel, con una palidez generalizada en la cara.

Cuando se inclinó hacia adelante para mirar, Sarah también lo hizo y sus cabezas casi se tocaron. Él pudo notar el cabello de ella rozándole la mejilla, y lo excitó por entero como fuego. Eric levantó la mano que tenía encima, la moneda presentaba la cara. Abel se adelantó y tomó a Sarah en sus brazos. Eric soltó una maldición y arrojó la moneda al mar. Entonces se apoyó en el mástil y miró con el ceño fruncido a los otros, con las manos profundamente metidas en los bolsillos. Abel susurró alocadas palabras de pasión y de deleite en el oído de Sarah, que conforme escuchaba empezó a creer que la fortuna había interpretado correctamente los deseos secretos de su corazón y que amaba más a Abel.

Poco después, Abel levantó la mirada y vio la cara de Eric cuando brilló el último rayo del sol poniente. La rojiza luz intensificó la rubicundez natural de su piel, que adquirió el aspecto de estar empapada de sangre. A Abel no le importó la mala cara que puso, porque ahora que su propio corazón estaba en reposo podía sentir una compasión pura por su amigo. Dio un paso adelante con idea de consolarlo, y le tendió la mano diciendo:

—He tenido suerte, viejo amigo. No me tengas rencor. Intentaré hacer de Sarah una mujer feliz, ¡y serás un hermano para nosotros dos!

—¡Malditos sean los hermanos! —fue toda la respuesta que dio Eric cuando se alejó.

Cuando había dado algunos pasos bajando el pedregoso sendero, se dio la vuelta y volvió. Se puso delante de Abel y Sarah, que tenían los brazos uno alrededor del otro, y dijo:

—Tienes un año, sácale todo el partido que puedas. ¡Y asegúrate de llegar a tiempo para reclamar a tu esposa! Tienes que estar de vuelta para que hagan las amonestaciones a tiempo para estar casado el once de abril. Si no estás, te digo que tendré mis propias amonestaciones y podrías volver demasiado tarde.

—¿Qué quieres decir, Eric? ¡Estás loco!

—No estoy más loco que tú, Abel Behenna. Vete, esa es tu oportunidad; yo me quedo, ¡y esa es la mía! No tengo intención de que me crezca la hierba bajo los pies. Hace cinco minutos, Sarah no se preocupaba más por ti que por mí, ¡y podría regresar a esos cinco minutos después de irte! Tú has ganado sólo por un punto... el juego podría cambiar.

—¡El juego no va a cambiar! —dijo Abel de manera cortante—. Sarah, ¿serás leal conmigo? ¿No te casarás hasta que yo vuelva?

—¡Por un año! —añadió rápidamente Eric—. Ese es el trato.

—Lo prometo por un año —dijo Sarah.

Una sombra oscura cayó sobre la cara de Abel y estuvo a punto de hablar, pero se dominó, sonrió y dijo:

—No debo ser demasiado duro ni enfadarme esta noche. Vamos Eric, hemos jugado y competido juntos, yo he ganado limpiamente. ¡He jugado limpiamente todo el juego de nuestro galanteo! Lo sabes tan bien como yo. Y ahora, cuando me vaya, miraré a mi viejo y leal compañero para que me ayude cuando yo no estoy.

—No voy a ayudarte en nada —dijo Eric—, ¡y que Dios me ayude!

—Ha sido Dios quien me ha ayudado —dijo sencillamente Abel.

—Pues que siga ayudándote Él —dijo Eric con rabia—, ¡el diablo es lo bastante bueno para mí!

Y sin decir nada más, se apresuró a bajar el empinado sendero y desapareció tras las rocas. Cuando se hubo marchado, Abel tenía esperanza de algún momento tierno con Sarah, pero el primer comentario que ella hizo lo dejó frío.

—¡Qué solitario está todo sin Eric! —y esa nota siguió sonando hasta que la dejó en su casa, y después.

Temprano a la mañana siguiente, Abel oyó un ruido en su puerta, y al salir vio a Eric alejándose rápidamente. En el umbral había una pequeña bolsa de lona llena de plata y oro. En un trocito de papel pinchado en ella podía leerse:

Toma el dinero y vete. Yo me quedo. ¡Para ti, Dios! ¡Para mí, el diablo! Recuerda el once de abril. Eric Sanson.

Esa tarde Abel salió hacia Bristol, y una semana después se embarcó en el Estrella de los mares con destino a Pahang. Su dinero, incluido el que había sido de Eric, estaba a bordo en la forma de una empresa de juguetes baratos. Le había aconsejado un astuto marinero viejo de Bristol a quien conocía, que sabía la forma de moverse por la Península[22] y que predijo que cada penique invertido produciría un chelín que embolsarse.

Conforme iba pasando el año, la mente de Sarah se volvía cada vez más perturbada. Eric estaba siempre a mano para hacerle el amor a su propia manera persistente y magistral, y a eso no le ponía ella objeción alguna. Sólo una carta llegó de Abel, para decir que su empresa había tenido éxito, que había enviado unas doscientas libras al banco de Bristol y estaba negociando con las cincuenta libras que quedaban todavía en bienes para China, donde se dirigía el Estrella de los mares y desde donde regresaría a Bristol. Sugirió que la parte de la empresa que era de Eric se le devolvería junto con su parte de los beneficios. Eric trató con ira esa propuesta, y para la madre de Sarah fue sencillamente infantil.

Habían pasado más de seis meses desde entonces, pero no llegó ninguna otra carta de Abel, y las esperanzas de Eric, que se habían frustrado por la carta desde Pahang, empezaron a alzarse de nuevo. Atacaba constantemente a Sarah con sus «y si». Y si Abel no regresaba, ¿se casaría con él entonces? Y si el once de abril pasaba sin que Abel estuviese presente en el puerto, ¿se entregaría a él? Y si Abel hubiera agarrado su fortuna y además se hubiese casado con otra mu-

---

[22] Se refiere a toda la zona de Malasia y de Tailandia, que tiene forma de una gran península.

chacha, ¿se casaría ella con él, Eric, en cuanto se conociese la verdad? Y así, con una variedad infinita de posibilidades. Con el tiempo se manifestó el poder de su voluntad fuerte y de su propósito decidido sobre la naturaleza, más débil, de la mujer. Sarah empezó a perder la fe en Abel y a mirar a Eric como un posible esposo y, ante los ojos de una mujer, un esposo posible es diferente de todos los demás hombres. Empezó a surgir en su pecho un nuevo cariño por él, y las familiaridades diarias del cortejo permitido promovieron ese cariño creciente. Sarah empezó a considerar a Abel más bien como una piedra en el camino de su vida, y de no haber sido por el constante recordatorio de su madre de la gran fortuna depositada ya en el banco de Bristol, ella habría intentado cerrar completamente los ojos a la existencia de Abel.

El once de abril caería en sábado, de modo que para celebrar el matrimonio ese día sería necesario que las amonestaciones se pronunciasen el domingo veintidós de marzo. Desde el principio de ese mes, Eric insistió constantemente sobre el tema de la ausencia de Abel, y su directa opinión de que éste estaba muerto o casado empezó a convertirse en una realidad en la mente de la mujer. Cuando pasó la primera mitad de marzo, Eric se volvió más jubiloso, y el día quince, después de ir a la iglesia, se llevó a Sarah a dar un paseo a Flagstaff Rock. Allí se reafirmó con fuerza:

—Le dije a Abel, y tú también, que si no estaba aquí para poner sus amonestaciones a tiempo para el día once, yo pondría las mías para el doce. Ha llegado la hora en la que tengo la intención de hacerlo. Él no ha mantenido su palabra.

En ese momento, Sarah atacó desde su debilidad y su indecisión.

—¡Todavía no ha roto su promesa!

Eric hizo rechinar sus dientes con rabia.

—Si lo que quieres es defenderlo —dijo él mientras golpeaba el mástil salvajemente con las manos, lo que hizo que se emitiese un murmullo tembloroso—, ¡santo y bueno!, yo mantendré mi parte del trato. El domingo daré aviso de las amonestaciones, y después de salir de la iglesia podrás negarlas si quieres. Si Abel está en Pencastle el día once, puede cancelarlas y poner las suyas, pero hasta entonces seguiré mi camino, ¡y ay de aquel que se meta por medio!

Con esas palabras, se lanzó por el camino pedregoso y Sarah sólo pudo admirar su fuerza y su ánimo, tan vikingos, ya que cruzó la colina a grandes zancadas a lo largo de los acantilados en dirección a Bude.

Durante la semana no llegó ninguna noticia de Abel, y el sábado dio aviso Eric de las amonestaciones del matrimonio entre él mismo y Sarah Trefusis. El clérigo podría haber protestado ante eso, pues aunque no se les había dicho nada formalmente a los vecinos, desde la marcha de Abel se daba por sentado que a su regreso se casaría con Sarah, pero Eric no quería ni hablar del tema.

—Es un tema penoso, señor —dijo él con una firmeza que el párroco, que era un hombre muy joven, no pudo por menos que ser influenciado por ella—, sin duda alguna no hay nada contra Sarah o contra mí. ¿Por qué debería haber elementos de discordia en el asunto?

El clérigo no dijo nada más y al día siguiente leyó las amonestaciones en voz alta por primera vez, entre un audible revuelo de la congregación. Sarah estaba presente, lo que era contrario a su costumbre, y, aunque se ruborizó intensamente, disfrutó de su triunfo sobre las demás muchachas cuyas amonestaciones no habían llegado todavía. Antes de que terminase la semana empezó a hacerse su vestido de novia. Eric acostumbraba a venir a verla trabajar y la vista lo emocionaba de arriba abajo. En tales situaciones, él solía decirle toda clase de cosas bonitas y para los dos hubo momentos deliciosos de enamoramiento.

Las amonestaciones se leyeron por segunda vez el día veintinueve y las esperanzas de Eric se fueron haciendo cada vez más fijas, aunque para él hubo momentos de aguda desesperación cuando se daba cuenta de que podría serle apartada de los labios la copa de la felicidad en cualquier momento, hasta en el último. En esos momentos estaba lleno de pasión, desesperada y despiadada, hacía rechinar los dientes y se estrujaba las manos de una manera alocada, como si algún trazo de la furia vikinga de sus antepasados permaneciese todavía en su sangre. El jueves de esa semana buscó a Sarah y la encontró, inundada de luz solar, dando los toques finales a su blanco vestido de novia. Su propio corazón estaba lleno de alegría y la vista de la mujer tan ocupada que iba a ser suya tan pronto lo llenó de una alegría indecible, y se sintió ligero en un lánguido éxtasis. Se agachó, le dio a Sarah un beso en la boca y luego susurró en su sonrosada oreja:

—¡Tu vestido de novia, Sarah! ¡Y para mí!

Cuando él se echó hacia atrás para admirarla, ella miró hacia arriba con descaro y le dijo:

—Tal vez no sea para ti. ¡A Abel le queda todavía más de una semana!

Y entonces gritó de consternación, pues Eric, con un gesto salvaje y un feroz juramento, salió de la casa cerrando la puerta de golpe tras de sí. El incidente perturbó a Sarah más que lo que habría creído posible, pues despertó de nuevo todos sus miedos, dudas e indecisiones. Lloró un poco, apartó el vestido, y para calmarse salió a sentarse un rato en la cumbre de Flagstaff Rock. Al llegar vio que allí había un pequeño grupo que hablaba del tiempo con inquietud. El mar estaba en calma y brillaba el sol, pero sobre el agua había extrañas líneas de luz y oscuridad, y cerca de la orilla las rocas estaban rodeadas de una espuma que se esparcía en grandes curvas y círculos según la arrastraban las corrientes. El viento lo respaldaba y soplaba en ráfagas frías y cortantes. El espiráculo, que iba por debajo de Flagstaff Rock desde fuera de la pedregosa bahía hasta el puerto dentro, resonaba a intervalos, y las gaviotas chillaban incesantemente mientras daban vueltas sobre la entrada al puerto.

—Tiene mal aspecto —le oyó decir a un viejo marinero al guardacostas—. Lo vi justo así una vez antes, cuando el Coromandel, de las Indias Occidentales, se hizo pedazos en Dizzard Bay.

Sarah no quiso oír más. Era de naturaleza asustadiza en lo que se refería al peligro, y no soportaba oír hablar de naufragios o desastres. Fue a su casa y reanudó la terminación de su vestido, secretamente decidida a apaciguar a Eric cuando se reuniese con él con una disculpa dulce, y de aprovechar la primera oportunidad de estar igualada con él después de su matrimonio.

La profecía sobre el tiempo que hizo el viejo marinero se corroboró. Al anochecer llegó una tormenta muy fuerte. El mar subió y fustigó la costa occidental desde Skye hasta Scilly, y dejó un rastro de desastres por todos lados. Todos los marineros y los pescadores de Pencastle se subieron a las rocas y acantilados para observar con impaciencia. En aquel momento, por el resplandor de un rayo, se vio que un barco de dos mástiles se arrastraba sólo con una vela a unos ochocientos metros fuera del puerto. Todos los ojos y todos los binoculares estaban fijos en él esperando el siguiente destello, y cuando llegó dijeron al unísono que era el Lovely Alice, que mercadeaba entre Bristol y Penzance y que hacía escala en todos los puertos pequeños que había entremedias.

—¡Que Dios los ayude! —dijo el supervisor del puerto—. ¡Porque nada en este mundo puede salvarlos cuando están entre Bude y Tintagel y el viento está en la orilla!

Los guardacostas se esforzaron y, ayudados por corazones valientes y manos dispuestas, llevaron el aparato del faro sobre la cima de Flagstaff Rock. Entonces encendieron luces azules, de manera que los que estaban en el barco pudieran ver la bocana del puerto en caso de que se esforzasen por alcanzarla. A bordo trabajaron con la suficiente gallardía, pero ninguna habilidad ni fuerza humana pudo ser útil. Antes de que pasaran muchos minutos, el Lovely Alice se precipitó a su perdición sobre la gran isla rocosa que guardaba la bocana del puerto. Los gritos de los que estaban a bordo fueron llevados limpiamente por la tempestad mientras se arrojaban al mar como una última oportunidad de vivir. Las luces azules se mantuvieron encendidas y ojos ansiosos miraban detenidamente las aguas profundas en caso de que se pudiera ver una cara, y se tenían listas unas cuerdas para lanzarlas como ayuda. Pero no se vio ninguna cara y los brazos dispuestos se quedaron ociosos. Eric estaba allí, entre sus compañeros. Su antiguo origen islandés no fue nunca más evidente que en aquella hora tormentosa. Agarró una cuerda y gritó al oído del supervisor del puerto:

—Voy a bajar a la roca de encima de la cueva de las focas. ¡La marea está subiendo y alguien podría ser arrastrado allí!

—¡Ni te acerques, hombre! —fue la respuesta—. ¿Estás loco? Un resbalón en esa roca y estás perdido; ¡en la oscuridad ningún hombre puede mantener el pie firme en un lugar así con esta tormenta!

—De eso, nada —llegó la respuesta—; tú recuerdas que Abel Behenna me salvó allí en una noche como esta, cuando mi barca se fue a la Gull Rock. Él me arrastró arriba desde el agua profunda en la cueva de las focas, y ahora alguien puede dejarse llevar allí otra vez, como hice yo.

Y se marchó en la oscuridad. La roca saliente ocultaba la luz de Flagstaff Rock, pero él conocía el camino demasiado bien como para perderse. Su atrevimiento y la seguridad de su pie estaban con él, se quedó un momento sobre la gran roca de cima redondeada, con su corte por debajo debido a la acción de las olas sobre la entrada de la cueva de las focas, donde el agua era insondable. Se quedó allí en una seguridad relativa, pues la forma cóncava de la roca echaba hacia atrás las olas con su propia fuerza, y aunque el agua por debajo de él hervía como un caldero bullente, justo un poco más allá del lugar había un espacio casi en calma. Allí, la roca apagaba también el ruido de la tempestad, y él escuchaba tanto como miraba. Mientras estaba preparado allí, con su rollo de cuerda preparado para lanzarlo, creyó que había oído por debajo de él, justo más allá del torbellino del agua, un grito débil y desesperado. Respondió como un eco, con un grito que reverberó en la noche. Entonces esperó al destello del rayo, y cuando se produjo lanzó la cuerda a la oscuridad, donde había visto levantarse una cara a través de la espiral de espuma. La cuerda fue agarrada, pues sintió un tirón, y volvió a gritar con su poderosa voz:

—¡Átatela alrededor de la cintura y yo te levantaré!

Entonces, cuando notó que estaba atada, se movió a lo largo de la roca al lado opuesto de la cueva de las focas, donde el agua profunda estaba un poco más quieta y donde podía tener un punto de apoyo lo bastante seguro como para arrastrar al hombre rescatado sobre la roca voladiza. Empezó a tirar, y enseguida supo, por la cantidad de cuerda recogida, que el hombre que ahora estaba rescatando debía estar pronto cerca de la cima de la roca. Por un momento se afianzó y tomó aire profundamente, pues con el esfuerzo siguiente podría completar el rescate. Acababa de doblar la espalda para el trabajo cuando un relámpago reveló a cada uno los dos hombres, el rescatador y el rescatado.

Eric Sanson y Abel Behenna estaban cara a cara, y nadie, salvo ellos mismos y Dios, supo de ese encuentro.

En un instante una ola de pasión pasó por el corazón de Eric. Todas sus esperanzas estaban destrozadas y sus ojos miraron con el odio de Caín. En el instante del reconocimiento, vio la alegría en la cara de Abel porque fuese de Eric la mano que lo socorría, y eso intensificó su odio. Mientras la pasión lo dominaba se dio la vuelta y la cuerda corrió entre sus manos. A su momento de odio lo siguió un impulso de su mejor hombría, pero fue demasiado tarde.

Antes de que pudiera recuperarse, Abel, entorpecido por la cuerda que debía haberlo ayudado, se sumergió otra vez, con un grito de desesperación, en la oscuridad del mar devorador.

Entonces, sintiendo toda la locura y la condenación de Caín sobre él, Eric se apresuró otra vez sobre las rocas, sin hacer caso del peligro y ansioso sólo de una cosa: estar entre otra gente cuyos ruidos vitales acallasen ese último grito que todavía resonaba en sus oídos. Al llegar otra vez a Flagstaff Rock lo rodearon los hombres y a través de la furia de la tormenta oyó decir al supervisor del puerto:

—Temíamos que estuvieses perdido cuando oímos un grito. ¡Qué pálido estás! ¿Dónde está tu cuerda? ¿Había alguien arrastrado allí?

—Nadie —gritó como respuesta.

Porque notó que no podría explicar nunca que hubiese dejado que su compañero volviese a caer al mar, y en el mismo sitio y las mismas circunstancias en las que su compañero le salvó la vida a él. Esperaba que con una mentira audaz dejaría el asunto quieto para siempre. No había habido ningún testigo, y si él tenía que acarrear esa cara blanca en los ojos y ese grito desesperado en los oídos para siempre, al menos nadie lo sabría.

—¡Nadie! —gritó con más fuerza todavía—. ¡Me resbalé en la roca y la cuerda cayó al mar!

Hablando de ese modo, los dejó, se apresuró a bajar el pronunciado sendero, llegó a su propia casita y se encerró dentro.

El resto de aquella noche lo pasó tumbado en su cama, vestido e inmóvil, mirando para arriba, y le parecía que a través de la oscuridad veía una cara muy pálida que relucía, mojada, en los relámpagos, con su alegre reconocimiento convertido en terrible desesperación, y que oía un grito que no dejaba de repetirse en su alma.

Por la mañana la tormenta había terminado y todo volvía a sonreír, excepto que el mar todavía estaba embravecido con la furia que no se había agotado. Grandes trozos del naufragio fueron arrastradas al puerto, y el mar de alrededor de la isla rocosa estaba repleto de otros. Dos cuerpos fueron empujados también al puerto, uno era el dueño del barco naufragado y el otro era un extraño marinero al que nadie conocía.

Sarah no vio a Eric hasta la tarde, y entonces él sólo hizo una visita corta. No entró en la casa, sino que simplemente pasó la cabeza por la ventana abierta.

—Bueno, Sarah —dijo con una voz sonora, aunque para ella no sonó a verdadera—, ¿está hecho ya el vestido de novia? ¡El domingo, esta semana! ¡Recuerda! ¡El domingo, esta semana!

Sarah se alegró de haberse reconciliado tan fácilmente, pero, mujerilmente, cuando vio que la tormenta había terminado y que sus miedos no tenían base, repitió inmediatamente la causa de la ofensa.

—El domingo, que así sea —dijo sin levantar la mirada—, ¡si es que Abel no está aquí el sábado! Luego miró hacia arriba con descaro, aunque su corazón estaba lleno de miedo por si ocurría otro arrebato por parte de su impetuoso enamorado. Pero la ventana estaba vacía, Eric se había ido y ella reanudó su trabajo haciendo un mohín. No volvió a ver a Eric hasta el domingo por la tarde, después de que las amonestaciones se hubiesen leído por tercera vez, cuando él vino a ella delante de todo el mundo con un aire de propietario que medio la complació y medio la molestó.

—¡Todavía no, señor! —dijo ella empujándolo mientras las demás muchachas se reían nerviosamente—. Espere hasta el próximo domingo, si tiene a bien... ¡el día después del sábado! —añadió, mirándolo de manera atrevida.

Las muchachas volvieron a reírse y los jóvenes se carcajearon. Todos creyeron que fue el desaire lo que lo tocó tanto, que se puso tan blanco como una sábana cuando se alejó. Pero Sarah, que sabía más que ellos, se rio porque vio el triunfo a través del espasmo de dolor que se extendió en la cara de Eric.

Sin embargo, la semana pasó con normalidad según se acercaba el sábado, Sarah tuvo de cuando en cuando momentos de preocupación, y en cuanto a Eric, iba por ahí por la noche como un hombre poseso. Se contenía cuando había otra gente, pero cada cierto tiempo bajaba a las rocas y cuevas y gritaba con fuerza. Eso lo aliviaba de alguna manera, y después podía contenerse más durante algún tiempo. Se quedó todo el sábado sin salir ni un momento de su casa. Como iba a casarse al día siguiente, los vecinos creyeron que sería timidez por su parte y no lo molestaron ni fueron a verlo. Sólo lo molestaron una vez, y fue cuando el barquero jefe fue a verlo, se sentó, y tras una pausa dijo:

—Eric, estuve ayer en Bristol. Estaba con el cordelero haciéndome con un rollo de cuerda para remplazar el que perdiste la noche de la tormenta, y en ese lugar vi a Michael Heavens, que es de allí y que es un vendedor. Me dijo que Abel Behenna había venido a su casa la semana antes de la última en el Estrella de los mares desde Cantón[23], y que había alojado una cantidad de dinero en el banco de Bristol a nombre de Sarah Behenna. Eso se lo dijo a Michael él mismo, y también que había comprado un pasaje en el Lovely Alice para Pencastle. Mantén el ánimo, hombre —pues Eric había dejado caer la cabeza entre las rodillas gimiendo, con la cara entre las manos—, sé que él fue tu viejo compañero, pero no pudiste evitarlo. Debió haberse ido al fondo con los demás aquella horrible noche. He creído que era mejor decírtelo, no fuera a ser que viniese de otra manera, y que tú podías hacer que Sarah Trefusis no se asustase. Ellos dos fueron buenos amigos una vez y las mujeres se toman esas cosas muy a pecho. ¡Yo no le dejaría que se apenara por una cosa así el día de su matrimonio!

Entonces se levantó y se marchó, dejando a Eric todavía sentado desconsoladamente con la cabeza en las rodillas.

—¡Pobre hombre! —murmuró para sí el barquero jefe—. Se lo toma muy a pecho. ¡Bueno, bueno! ¡Eso está muy bien! Una vez fueron compañeros de verdad, ¡y Abel lo salvó!

La tarde de aquel día, cuando los niños habían salido de la escuela, vagabundeaban como de costumbre los días de media fiesta por el muelle y los senderos de los acantilados. Al poco rato vinieron corriendo algunos de ellos en un estado de gran agitación al puerto, donde unos pocos hombres estaban descargando un barco de carbón y muchos más supervisaban la operación. Uno de los niños gritó:

—¡Hay una marsopa en la bocana del puerto! ¡La hemos visto llegar a través del espiráculo! Tiene una cola larga y estaba muy profunda bajo el agua.

—No era una marsopa —dijo otro—, era una foca, ¡pero tenía la cola muy larga! ¡Ha salido de la cueva de las focas!

Los demás niños aportaron testimonios diferentes, pero eran unánimes en dos puntos: lo que fuera «aquello» había salido a través del espiráculo, muy profundamente bajo el agua, y tenía una cola larga y fina, y que la cola era tan larga que no pudieron ver su final. Los hombres se burlaron despiadadamente de los niños sobre ese punto, pero como era evidente que habían visto algo, una cantidad bastante grande de personas, jóvenes y mayores, hombres y mujeres, fueron a lo largo

---

[23] Actual Guangzhou, en China.

de los altos senderos de cada lado de la bocana del puerto para echarle un vistazo a esta nueva incorporación a la fauna marina, una marsopa o foca de cola larga. La marea estaba subiendo en ese momento. Había una brisa ligera y la superficie del agua estaba rizada, de manera que sólo en algunos momentos se podía ver claramente el agua profunda. Tras un rato de observación, una mujer gritó que había visto que algo se movía por el canal, justo debajo de donde ella estaba. Se produjo una estampida hacia el lugar, pero para cuando se reunió el gentío la brisa se había reforzado y era imposible ver claramente bajo la superficie del agua. Al preguntarle, la mujer describió lo que había visto, pero de una manera tan incoherente que se descartó todo como efecto de la imaginación, de no haber sido por el informe de los niños ella no habría tenido credibilidad alguna. Su medio histérica afirmación de que lo que vio era «como un cerdo con las entrañas por fuera» sólo la creyó algo un viejo guardacostas, que meneó la cabeza pero no hizo comentario alguno. Durante lo que quedaba de luz del día, ese hombre fue visto siempre sobre el banco mirando al agua, pero siempre con una manifiesta decepción en su cara.

Eric se levantó temprano la mañana siguiente, no había dormido en toda la noche y le fue un alivio moverse a la luz. Se afeitó con una mano que no temblaba y se vistió con sus ropas de matrimonio. Había un aspecto macilento en su cara y parecía como si hubiese envejecido años en los últimos días. Aún había una salvaje y molesta luz de triunfo en sus ojos, y murmuraba para sí una y otra vez:

—¡Este es el día de mi matrimonio! Abel no puede reclamarla ahora, ¡esté vivo o muerto! ¡Vivo o muerto!

Se sentó en su sillón, esperando con una tranquilidad insólita a que llegase la hora de ir a la iglesia. Cuando empezó a tocar la campana, se levantó y salió de la casa, cerrando la puerta tras él. Miró al río y vio que la marea acababa de cambiar. En la iglesia, se sentó con Sarah y su madre, sujetando con fuerza la mano de Sarah en la suya todo el tiempo, como si temiera perderla. Cuando se terminó el servicio religioso se quedaron de pie juntos y se casaron en presencia de toda la congregación, pues no salió nadie de la iglesia. Los dos dieron claramente sus respuestas, Eric incluso en forma desafiante. Cuando terminó la ceremonia del casamiento, Sarah se agarró del brazo de su esposo y salieron juntos; los niños y las niñas más pequeños fueron obligados por sus mayores a comportarse decorosamente, pues de buen grado los habrían seguido muy de cerca.

El camino desde la iglesia pasaba por la parte trasera de la casita de Eric, había un estrecho callejón entre ella y la casa de su vecino más próximo. Cuando la pareja nupcial pasó a través de ese callejón, los del resto de la congregación, que había seguido a poca distancia, se sorprendieron por un grito largo y agudo de la recién casada. Se apresuraron por el callejón y la encontraron que estaba sobre el banco con ojos enloquecidos, señalando al lecho del río frente a la puerta de Sanson.

La marea descendente había depositado allí el cuerpo de Abel Behenna desnudo sobre las piedras rotas. La cuerda que se arrastraba desde su cintura había sido retorcida por la corriente alrededor del poste de amarre y lo había mantenido allí mientras la marea bajaba y se alejaba de él. El codo izquierdo había caído en una grieta de la roca, dejando la mano extendida hacia Sarah, con la palma abierta para arriba como si se tendiese para recibir la suya, con los pálidos dedos mustios abiertos para agarrarla.

Sarah Sanson no supo bien todo lo que ocurrió después. Cada vez que intentaba recordar, venía un zumbido a sus oídos y una penumbra a sus ojos, y todo desaparecía. Lo único que podía recordar de todo ello —y eso no lo olvidó jamás— fue que Eric respiraba pesadamente, con una cara todavía más blanca que la del muerto, mientras musitaba:

—¡La ayuda del diablo! ¡La fe del diablo! ¡El precio del diablo!

EL ENTIERRO DE LAS RATAS

Si sale de París por la carretera de Orleans, cruza la *Enceinte*[24] y gira a la derecha, se encontrará usted en un distrito algo salvaje y para nada sabroso. A izquierda y derecha, por delante y por detrás, por todas partes se levantan grandes montones de basura y desperdicios acumulados por el tiempo.

París tiene su vida nocturna, así como la diurna, y el residente temporal que entra en el hotel de la calle Rivoli o la de Saint Honoré tarde por la noche, o que sale temprano por la mañana, puede adivinar, al llegar cerca de Montrouge —si es que no lo ha hecho ya— el propósito de aquellos grandes vagones que parecen calderas sobre ruedas que se encuentran detenidas en todas partes por donde va pasando.

Cada ciudad tiene sus instituciones particulares creadas por sus propias necesidades, y una de las instituciones más notables de París es su población de chatarreros, cartoneros y hurgadores de la basura, los «traperos». Al principio de la mañana —y la vida parisina empieza a una hora temprana— pueden verse en la mayoría de las calles, sobre el camino frente a cada callejón sin salida y las callejuelas, y cada tanto entre las casas, como ocurre todavía en algunas ciudades norteamericanas, incluso en partes de Nueva York, grandes cajas de madera en las que los criados o los inquilinos de las viviendas vacían la basura y los deshechos acumulados del día anterior. Alrededor de esas cajas se reúnen y, cuando han hecho el trabajo, pasan a campos de trabajo frescos y pastos nuevos, hombres y mujeres escuálidos y hambrientos, cuyos instrumentos de trabajo consisten en una ruda bolsa o cesta colgada del hombro y un rastrillo pequeño con el que revuelven, rastrean y examinan esos cubos de basura de la manera más minuciosa. Con la ayuda de los rastrillos, recogen y depositan en sus cestas lo que encuentran, con la misma facilidad con la que maneja un chino los palillos.

---

[24] Fortificación que rodea una fortaleza o una ciudad.

París es una ciudad de centralización, y la centralización y la clasificación son aliadas muy cercanas. En épocas anteriores, cuando la centralización se convertía en un hecho, su predecesora fue la clasificación. Todo lo que era semejante o análogo se agrupaba en conjunto, y de agrupar esos grupos se levanta un punto central. Vemos que se extienden muchos brazos largos con tentáculos innumerables, y en el centro se levanta una cabeza gigante con un cerebro completo, ojos agudos para mirar por todas partes, oídos sensibles para oír... y una boca voraz para tragar.

Otras ciudades se parecen a todos los pájaros, animales y peces cuyos apetitos y digestiones son normales. Ya sólo París es la apoteosis de la analogía del pulpo. Es un producto de la centralización llevada *ad absurdum*[25], representa con justicia al pez diablo[26], y en ningún aspecto es más curiosa la semejanza que en el parecido de los aparatos digestivos.

Esos turistas inteligentes que, habiendo entregado su individualidad en las manos de los señores Cook o Gaze[27], se «hacen» París en tres días, se quedan desconcertados a menudo al saber que una cena que en Londres costaría unos seis chelines puede conseguirse por tres francos en un café del Palais Royal. No tendrían que hacerse más preguntas sólo con que considerasen la clasificación que es una especialidad teórica de la vida parisina y adoptasen por todas partes el hecho por el que tuvo su génesis el *chifonier*[28].

El París de 1850 no era el París de hoy, y los que ven el París de Napoleón III y del barón Haussmann apenas pueden darse cuenta de cómo eran las cosas hace cuarenta y cinco años.

Sin embargo, entre otras cosas que no han cambiado son esos distritos donde se acumulan los desperdicios. La basura es basura en todo el mundo y en cada época, y es perfecto el parecido de los montones entre sí. Por lo tanto, el viajero que visita los alrededores de Montrouge puede volver sin dificultad con la imaginación al año 1850.

Ese año yo estaba haciendo una estancia prolongada en París. Estaba muy enamorado de una joven que, aunque correspondía a mi pa-

---

[25] Hasta el absurdo, en latín en el original.
[26] Nombre genérico de los cefalópodos como el pulpo o la sepia.
[27] Se refiere a las agencias de viaje de la época.
[28] Aparador alto con cajones, conocido en España como «sinfonier».

sión, hasta entonces cedía a los deseos de sus padres, a quienes había prometido no verme ni escribirme durante un año. Yo también me había visto obligado a acceder a esas condiciones con la vaga esperanza de una aprobación de los padres. Durante el período de prueba, yo había prometido permanecer fuera del país y no escribir a mi amada hasta la terminación del año.

Naturalmente, el tiempo pasaba muy pesadamente para mí. No había nadie de mi propia familia o de mi círculo que pudiera hablarme de Alice, y nadie de su propia gente, lamento decirlo, tuvo la suficiente generosidad ni para enviarme siquiera unas palabras esporádicas de consuelo respecto a su salud y bienestar. Me pasé seis meses deambulando por Europa, pero como no pude encontrar una distracción satisfactoria en los viajes, me decidí a ir a París, donde al menos estaría a una fácil llamada de Londres en caso de que mi buena suerte me llamara hacia allá antes del tiempo señalado. Esa «esperanza aplazada que hace enfermar el corazón»[29] no estaba mejor ejemplificada que en mi caso, porque además del anhelo constante de ver la cara que amaba, siempre había en mí una preocupación desgarradora de que algún accidente me evitase mostrar a Alice a su debido tiempo que había sido fiel a su confianza y a mi propio amor a todo lo largo del largo período de prueba. Así pues, cada aventura que emprendí tuvo un extremo placer propio, pues estaba llena de posibles consecuencias mayores que las que habría tenido de ordinario.

Como todos los viajeros, agoté los lugares de mayor interés en el primer mes de mi estancia, y en el segundo me impulsé a buscar diversión donde fuera que pudiese encontrarla. Ya había hecho viajes variados a los suburbios más conocidos, y empecé a ver que existía una *terra incognita*[30], hasta donde les interesaba a las guías, en la jungla social que estaba entre esos puntos de interés. Por consiguiente, empecé a hacer sistemáticas mis investigaciones, y cada día recuperaba el hilo de mi exploración en el lugar donde lo había dejado el día anterior.

Con el tiempo, mis andanzas me llevaron cerca de Montrouge, y vi que por allí estaba la *Ultima Thule*[31] de la exploración social,

---

[29] Referencia al *Libro de los Proverbios*, 13-12.
[30] Territorio desconocido, en latín en el original.
[31] El punto más alto o más lejano alcanzado o alcanzable.

una zona tan poco conocida como la que rodea el nacimiento del Nilo Blanco. Así que me decidí a investigar filosóficamente a los traperos: su hábitat, su vida y sus medios de vida.

El trabajo era desagradable, difícil de cumplir y con pocas esperanzas de una recompensa adecuada. Sin embargo, a pesar de la razón se impuso la obstinación y entré en mi nueva investigación con una energía más entusiasta que la que habría podido reunir para ayudarme en cualquier investigación que condujera a algún fin valioso o merecedor.

Un día, a una hora tardía de una buena tarde hacia finales de septiembre, entre en el sanctasanctórum de la ciudad de la basura. Evidentemente, el lugar era el domicilio reconocido de muchos de esos traperos, pues alguna forma de arreglo se manifestaba en la formación de los montones de basura cerca de la carretera. Pasé entre esos montones, que estaban como centinelas organizados, decidido a penetrar más allá y seguir a la basura hasta su ubicación definitiva.

Mientras pasaba por allí, vi detrás de los montones de basuras unas pocas formas que iban deprisa de un lado para otro, y que evidentemente miraban con interés la aparición de cualquier extraño en aquel lugar. El distrito era como una Suiza en pequeño, y cuando iba hacia delante mi tortuoso camino cerraba el paso detrás de mí.

Inmediatamente llegué a una pequeña ciudad o comunidad de traperos. Había varias chabolas o cabañas, tales como pueden encontrarse en las partes más remotas del Bog de Allen[32]; lugares toscos con paredes de caña enlucidas con barro, y techos de burda paja fabricados con desechos de establos, de esos lugares en los que a uno no le gustaría entrar por ninguna recompensa, y que incluso en acuarela sólo pueden resultar pintorescos si se trataban juiciosamente. En medio de esas cabañas había una de las más extrañas «adaptaciones» —no puedo decir habitaciones— que yo haya visto nunca. Un inmenso armario antiguo, el remanente colosal de algún dormitorio de la época de Carlos VII o de Enrique II, que se había convertido en una casa para vivir. Las dos puertas estaban abiertas, de manera que todo el hogar estaba abierto a la vista del público. En la mitad abierta del armario había un salón común de unos dos metros por uno y medio, en el que estaban sentados fumando sus pipas alrededor de un brasero de carbón

---

[32]   Una gran ciénaga de turba situada en el centro de Irlanda.

no menos de seis viejos soldados de la Primera República[33], con los uniformes desgarrados, raídos y deshilachados. Evidentemente eran de la clase de los tipos malos, su mirada nublada y sus flácidas mejillas hablaban claramente de un amor común por la absenta, y sus ojos tenían el aspecto maciliento y gastado que sella al borrachín en su peor momento, y esa mirada de fiereza por haber dormido mal que sigue duramente al despertar de la bebida. El otro lado del armario estaba como antiguamente, con los estantes intactos, excepto que estaban cortados a la mitad de su profundidad y que en cada estante, de los que había seis, estaba una cama hecha con trapos y paja. La media docena de nobles que habitaba esta estructura me miró con curiosidad según pasaba, y cuando miré para atrás después de haber hecho un poco de camino, vi que sus cabezas estaban juntas en una conferencia de susurros. No me gustó el aspecto de ello en absoluto, pues el lugar estaba muy solitario y los hombres tenían una apariencia muy malvada. Sin embargo, no vi causa alguna para el miedo y seguí adelante con mi camino, penetrando cada vez más allá en aquel Sahara. El camino era tortuoso hasta cierto grado, y al ir en redondo en una serie de semicírculos, como va uno al patinar con los patines holandeses, me quedé confundido respecto a los puntos cardinales.

Cuando había penetrado un poco más, al dar la vuelta a la esquina de un montón a medio hacer, vi a un viejo soldado con un abrigo raído sentado en un montón de paja.

—¡Vaya! —me dije a mí mismo—. ¡Aquí la Primera República está bien representada en su soldadesca!

Cuando pasé a su lado, el viejo no me miró, sino que miraba fijamente al suelo con una persistencia imperturbable. Volví a comentarme a mí mismo:

—¡Mira lo que puede hacer una vida de burda guerra! La curiosidad de este hombre es una cosa del pasado.

Sin embargo, cuando había dado unos pasos miré hacia atrás de repente y vi que esa curiosidad no estaba muerta, pues el veterano aquel había levantado la cabeza y me miraba con una expresión muy extraña. Para mí, él tenía el mismo aspecto que cualquiera de los seis nobles exprimidos. Al ver que lo miraba dejó caer la cabeza y yo seguí

---

[33] Establecida poco después de la Revolución de 1789.

mi camino adelante sin pensar más en él, satisfecho de que hubiese una extraña semejanza entre aquellos viejos guerreros.

Poco después me encontré con otro soldado viejo de una manera parecida. Él tampoco reparó en mí mientras yo pasaba.

A esa hora se estaba haciendo tarde y empecé a pensar en volver sobre mis pasos, por lo que me di la vuelta para regresar, pero vi una gran cantidad de pistas que llevaban entre diferentes montones y no podía estar seguro de por cuál de ellas debía encaminarme. Perplejo, quise ver a alguien a quien preguntar el camino, pero no vi a nadie. Me decidí a seguir adelante unos pocos montones más allá y de ese modo intentar ver a alguien... que no fuese un veterano.

Conseguí mi objetivo, porque después de caminar un par de cientos de metros vi ante mí una chabola aislada, como las que había visto antes, pero con la diferencia de que esta no era para vivir en ella, sino que era simplemente un techo con tres paredes, abierto por delante. Por las evidencias que mostraba el vecindario, supuse que sería un lugar para la clasificación. Dentro de ella había una mujer vieja, arrugada y doblada por la edad. Me acerqué a ella para preguntarle el camino.

Cuando estuve cerca de ella, se levantó y le pregunté mi camino. Ella empezó una conversación inmediatamente, y se me ocurrió que allí, en el centro mismo del Reino de la Basura, era el lugar para recoger detalles de la historia de los traperos parisinos, sobre todo porque podía hacerlo de los labios de alguien que tenía el aspecto de ser su habitante más antiguo.

Empecé mis preguntas y la vieja me dio unas respuestas muy interesantes. Había sido una de las «tejedoras»[34] que se sentaban a diario ante la guillotina y habían tomado una parte activa entre las mujeres que se señalaban a sí mismas por su violencia en la Revolución. Mientras estábamos hablando, ella dijo súbitamente:

—Pero el señor debe estar cansado de estar de pie —y le quitó el polvo a un viejo taburete desvencijado para que yo me sentara. Por muchas razones no me gusta hacer eso, pero la pobre vieja fue tan cortés que no quise correr el riesgo de lastimarla con mi negativa, y además la conversación con alguien que había estado en la toma

---

[34] Mujeres sentadas junto a los guillotinas que se ponían a hacer calceta entre las ejecuciones.

de la Bastilla era tan interesante que me senté, de modo que nuestra conversación siguió adelante.

Mientras estábamos hablando, un viejo —más viejo, más doblado y más arrugado todavía que la mujer— apareció desde detrás de la chabola.

—Aquí está Pierre —dijo ella—, ahora el señor podrá oír historias si lo desea, porque Pierre estuvo en todos lados, desde la Bastilla hasta Waterloo.

El viejo agarró otro taburete a petición mía y nos sumergimos en un mar de recuerdos revolucionarios. Ese viejo, aunque vestido como un espantapájaros, era como cualquiera de los seis veteranos.

Yo estaba sentado ahora en el centro de la baja cabaña con la mujer a mi izquierda y el viejo a mi derecha, estando cada uno de ellos un poco frente a mí. El lugar estaba lleno de toda clase de objetos curiosos de madera, y de muchas cosas que deseé que se alejasen. En un rincón había un montón de trapos que parecían moverse por la gran cantidad de alimañas que contenía, y en el otro un montón de huesos cuyo olor era un tanto ofensivo. De cuando en cuando, al mirar a los montones veía los brillantes ojos de alguna de las ratas que infestaban el lugar. Aquellas cosas repugnantes ya eran bastante malas de por sí, pero lo más terrible era una vieja hacha de carnicero con un largo mango de hierro manchada con coágulos de sangre que se apoyaba contra la pared en el lado derecho. Esas cosas no me daban todavía mucho de qué preocuparme. La charla de los dos viejos era tan fascinante que me quedé mucho rato, hasta que llegó la tarde y los montones de basura arrojaron sombras oscuras sobre los pasos que había entre ellos.

Después de un rato empecé a ponerme inquieto, no podría decir cómo ni por qué, pero de alguna manera no me sentía satisfecho. La inquietud es un instinto y significa un aviso. Las facultades psíquicas son a menudo los centinelas del intelecto, y cuando tocan alarma empieza a actuar la razón, aunque quizá no conscientemente.

Eso me ocurría a mí. Empecé a sopesar dónde estaba y qué me rodeaba, y a preguntarme cómo me iría en caso de que me atacasen; y entonces en mí estalló de repente el pensamiento de que estaba en peligro, aunque sin ninguna causa evidente. La prudencia susurró: «quédate quieto y no hagas ninguna señal», así que me quedé quieto y no hice señal alguna, pues sabía que cuatro ojos astutos estaban fijos en mí. «¡Cuatro ojos, si no más! ¡Dios mío, qué pensamiento más horrible! Toda la chabola podría estar rodeada de malvados por los tres lados! Yo podría estar en medio de una banda de unos desesperados como sólo puede producir medio siglo de revoluciones periódicas».

Con la sensación de peligro se aceleraron mi intelecto y mi observación y me puse más atento que lo que era de costumbre. Me di cuenta de que los ojos de la vieja se desviaban constantemente hacia mis manos. Yo las miré también y vi la causa; mis anillos. En el meñique de mi mano izquierda tenía un anillo de sello, y en el de la derecha un diamante bueno.

Pensé que si hubiese algún peligro mi primera precaución era evitar las sospechas. Por lo tanto, empecé a hacer que la conversación girase alrededor de la recogida de trapos, a los desagües, de las cosas encontradas allí y, por etapas fáciles, a las joyas. Entonces, aprovechando una oportunidad favorable, le pregunté a la vieja si ella sabía algo de esas cosas. Respondió que sí, que un poco. Estiré mi mano derecha, le mostré el diamante y le pregunté qué pensaba de él. Respondió que sus ojos no estaban bien y se inclinó sobre mi mano. Dije tan despreocupadamente como pude:

—¡Perdóneme! ¡Así lo verá mejor!

Me lo quité y se lo pasé a ella. Le vino a la vieja cara mustia una luz infame cuando lo tocó. Me lanzó una mirada rápida y aguda como un relámpago.

Se inclinó hacia el anillo un momento con la cara muy escondida, como si lo estuviese examinando. El viejo miraba directamente al frente de la chabola que estaba ante él, y al mismo tiempo hurgaba sus bolsillos para sacar un poco de tabaco en un papel y una pipa, que procedió a llenar. Me aproveché de la pausa, y del descanso momentáneo de los ojos inquisitivos en mi cara, para mirar cuidadosamente por el lugar, que ahora en el crepúsculo estaba sombrío y poco iluminado. Allí estaban todavía todos los montones de variadas y malolientes asquerosidades; allí estaba la terrible hacha manchada de sangre apoyada en la pared en el rincón de la derecha, y por todas partes, a pesar de que se iba poniendo oscuro, el brillo maligno de los ojos de las ratas. Podía verlas hasta a través de algunas de las grietas de los tablones de la parte baja de atrás, a ras del suelo. ¡Un momento! ¡Esos últimos ojos que vi eran más grandes, más brillantes y más malignos que lo habitual!

Mi corazón se detuvo por un momento, en ese estado de confusión mental en el que uno siente una especie de borrachera espiritual, y como si el cuerpo sólo se mantuviese erecto porque no hay tiempo para que caiga antes de recuperarse. Después, en otro segundo, estuve calmado, fríamente calmado, con todas mis energías en completo vigor, con un autocontrol que noté que era perfecto y con todos mis sentimientos e instintos alerta.

Ahora supe el grado de mi peligro: ¡estaba vigilado y rodeado de gente desesperada! Ni siquiera podía adivinar cuántos de ellos estaban tumbados en el suelo detrás de la chabola, esperando el momento de atacar. Yo sabía que soy grande y fuerte, y ellos también lo sabían. Sabían también, como yo, que yo soy inglés y que por eso presentaría lucha, y así estuvimos esperando. Noté que había ganado una ventaja en los últimos segundos, pues supe mi peligro y comprendí la situación. Ahora, pensé, es el examen de mi valor, el examen de sobrevivir, ¡el examen de la lucha podía llegar después!

La vieja levantó la cabeza y me dijo, de una manera satisfecha:

—Un anillo muy bueno, de veras, ¡un anillo precioso! ¡Ay de mí! Una vez tuve anillos de esos, muchos, ¡y brazaletes y pendientes! ¡Oh! ¡Porque en aquellos días buenos era yo quien marcaba el baile en la ciudad! ¡Ellos se han olvidado de mí! ¿Ellos? ¿Que porqué no supieron nada de mí? Quizá sus abuelos me recuerden, como yo me acuerdo de ellos.

Y emitió una risa estridente como un graznido. Y entonces estoy obligado a decir que ella me sorprendió, porque me devolvió el anillo con cierto indicio de gracia a la antigua que no carecía de patetismo.

El viejo la miró con cierta ferocidad repentina, medio levantándose de su taburete, y me dijo súbitamente con voz ronca:

—Deja que lo vea.

Estaba a punto de pasarle el anillo, cuando dijo la vieja:

—¡No, no! ¡No se lo des a Pierre! Pierre es muy extravagante, pierde las cosas, ¡y un anillo tan bonito!

—¡Cat! —dijo el viejo violentamente.

Súbitamente la vieja dijo, un tanto más fuerte que lo que era necesario:

—¡Espera! Te diré algo sobre un anillo.

Había algo en el sonido de su voz que me hizo temblar. Tal vez era mi hipersensibilidad, forjada como yo lo estaba a tal tono de excitación nerviosa, pero creí que no se dirigía a mí. Cuando eché un vistazo sigiloso por el lugar, vi los ojos de las ratas en los montones de huesos, pero quité los ojos de la trasera. Cuando estaba mirando vi que volvían a aparecer. Ese grito —¡espera!— de la vieja me había dado un descanso del ataque, y los hombres volvieron a hundirse en su postura reclinada.

—Perdí un anillo una vez, un precioso aro de diamantes que había pertenecido a una reina y que me dio un granjero que luego se cortó la garganta porque lo rechacé. Creí que me lo habían robado y acusé a mi gente, pero no encontré el rastro. Vino la Policía y sugirió que se había caído al desagüe. Allí descendimos, yo con mi ropa buena, ¡porque no iba a confiarles mi precioso anillo! Desde entonces sé más de desagües, ¡y de ratas, también! Pero no olvidaré nunca el horror de aquel lugar, vivo con ojos resplandecientes, toda una pared de ellos justo aparte de la luz de nuestras antorchas. Bueno, nos metimos por debajo de mi casa, buscábamos la salida del desagüe y allí, entre las porquerías, encontré mi anillo y salimos.

»¡Pero encontramos también algo más antes de salir! Cuando íbamos hacia la abertura, dos ratas de alcantarilla —humanas, esta vez— vinieron hacia nosotros. Le dijeron a la Policía que uno de ellos se había metido por el desagüe y no había regresado. Él se había metido poco tiempo antes que nosotros, y si andaba perdido no podría estar muy lejos. Me pidieron ayuda para buscarlo, así que volvimos allí. Intentaron impedir que fuese, pero insistí. Fue una emoción nueva, ¿y no había recuperado el anillo? No fuimos muy lejos hasta que llegamos a algo. No era más que un poco de agua, y el fondo del desagüe estaba alzado por ladrillos, basura y muchas materias de ese tipo. Él luchó por ello, incluso cuando se le apagó la antorcha. ¡Pero había demasiados para él! No había pasado mucho tiempo con ello. Los huesos estaban calientes todavía, pero los habían dejado limpios. Se habían comido hasta a sus propios muertos, y había huesos de ratas, así como también del hombre. Tomaron con toda tranquilidad los otros, los humanos, e hicieron bromas con su compañero cuando lo encontraron muerto. ¡Bah! ¿Y qué importa la vida o la muerte?

—¿Y no tuviste miedo? —le pregunté.

—¡Miedo! —dijo riéndose—. ¿Tener miedo, yo? ¡Pregúntale a Pierre! Pero por entonces yo era más joven, y cuando salí de aquel horrible desagüe con su pared de ojos codiciosos, y moviéndome siempre dentro del círculo de luz de las antorchas, no me sentí tranquila. Pero yo seguía por delante de los hombres, ¡es mi manera de ser! No dejo nunca que los hombres vayan por delante de mí. ¡Todo lo que quiero es una oportunidad y medios para aprovecharla! Y ellas se lo comieron del todo, se llevaron cada rastro excepto los huesos; y no lo supo nadie, ¡ni se oyó jamás nada de él!

En ese momento estalló en un ataque de risa de la alegría más espantosa que me haya correspondido oír y ver. Una gran poeta[35] describe a su heroína cantando: ¡Oh, oír o ver su canto! Apenas sé cuál es *lo* más divino.

Y puedo aplicar la misma idea a la vieja arpía, en todo menos la divinidad, porque apenas podría decir qué era lo más infernalmente hostil, si la risa maliciosa, satisfecha y despiadada, o la sonrisa malvada y la horrible abertura cuadrada de la boca, como una máscara de tragedia, con el resplandor amarillo de los pocos dientes descoloridos en las informes encías. En esa risa, con aquella sonrisa y con esa satisfacción reidora, supe tan bien como si se me hubiera dicho con palabras de trueno que mi asesinato estaba establecido y que los asesinos sólo esperaban el momento adecuado para llevarlo a cabo. Pude leer entre las líneas de su repugnante historia las órdenes que les daba a sus cómplices. Pareció que decía: «Espera, aguarda el momento», pero realmente dijo que «yo daré el primer golpe. ¡Encontrad el arma para mí y yo crearé la oportunidad! ¡Él no escapará! Mantenedlo callado y entonces nadie sabrá nada. ¡No habrá gritos y las ratas harán su trabajo».

Se estaba haciendo cada vez más oscuro, llegaba la noche. Eché un vistazo rápido por la chabola, ¡todo seguía igual! El hacha ensangrentada en el rincón, los montones de basura y los ojos en los montones de huesos y en las grietas del suelo.

Aparentemente, Pierre había estado llenando su pipa, ahora prendió una cerilla y empezó a dar bocanadas. La vieja dijo:

—¡Vaya, qué oscuro se ha puesto! Pierre, ¡sé un buen chico y enciende la lámpara!

---

[35] Se refiere a Elizabeth Barrett Browning.

Pierre se levantó y con la cerilla encendida que llevaba en la mano tocó la mecha de una lámpara que colgaba a un lado de la entrada de la chabola y que tenía un reflector que arrojaba la luz por todas partes. Evidentemente, era la que utilizaban por la noche para sus clasificaciones.

—¡Esa no, estúpido! ¡Esa, no! ¡El farol! —le gritó la vieja.

La apagó inmediatamente de un soplido y dijo:

—Muy bien, madre. Voy a buscarla.

Y se ajetreó por el rincón izquierdo de la habitación, mientras la vieja decía en la oscuridad:

—¡El farol! ¡El farol! ¡Oh!, esa es la luz más útil para nosotros, los pobres. ¡El farol fue el amigo de la Revolución! ¡Es el amigo del trapero! Nos ayuda cuando falla todo lo demás.

Apenas había dicho esas palabras, hubo como un chirrido de todo el lugar y algo era arrastrado continuamente sobre el techo.

Volví a leer sus palabras entre líneas. Supe la lección del farol: «Que uno de vosotros se suba al techo con un lazo y lo estrangule cuando salga fuera, si es que dentro fallamos».

Al mirar por la abertura, vi el bucle de una cuerda destacarse en negro sobre el cielo. ¡Ahora estaba rodeado de verdad!

Pierre no tardó mucho en encontrar el farol. En la oscuridad, yo mantenía los ojos fijos sobre la vieja. Pierre encendió la luz y con su destello vi que la vieja levantó del suelo a su lado, donde había aparecido misteriosamente, un largo y afilado cuchillo o daga que ocultó luego entre los pliegues de su ropa. Era un hierro de afilar de carnicero, muy afilado.

El farol se encendió.

—Tráelo aquí, Pierre —dijo ella—, colócalo a la entrada, donde podamos verlo. ¡Mira que bueno es! Nos quita la oscuridad de encima, ¡es justo lo adecuado!

¡Lo adecuado para ella y sus propósitos! Me arrojaba toda su luz a la cara, dejando a oscuras las caras de Pierre y de la mujer, que estaban sentados lejos de mí a cada lado.

Noté que el momento de la acción se aproximaba, pero ahora sabía que la primera señal y el primer movimiento vendrían de la mujer, de modo que la observaba.

Yo estaba totalmente desarmado, pero había decidido lo que tenía que hacer. Al primer movimiento, me haría con el hacha de carnicero en el rincón de la derecha y lucharía hasta salir de allí. Al menos, moriría luchando. Eché un vistazo rápido alrededor para fijar exactamente su posición de manera que no pudiese fallar al agarrarlo con el primer esfuerzo que hiciera, pues entonces el tiempo y la precisión serían más preciosos que nunca.

¡Dios mío, había desaparecido! Todo el horror de la situación estalló sobre mí, pero el pensamiento más amargo de todos era que si el problema de aquella terrible posición resultase en mi contra, Alice sufriría indefectiblemente. O bien ella me tomaría por falso —y cualquier enamorado, o cualquiera que haya estado enamorado alguna vez, se imagina la amargura de ese pensamiento—, o bien ella seguiría amando mucho después de que yo estuviera perdido para ella y para el mundo, de modo que su vida estaría rota y amargada, destrozada por la decepción y la desesperanza. La propia magnitud de ese dolor me preparó y me dio el coraje para soportar el terrible escrutinio de los conspiradores.

Creo que no me traicioné. La vieja me miraba lo mismo que el gato mira al ratón; tenía su mano derecha oculta en los pliegues de su ropa, y yo sabía que agarraba aquella daga larga e implacable. Si hubiese visto cualquier decepción en mi cara, noté que ella habría sabido que había llegado el momento y me habría saltado encima como una tigresa, segura de pillarme desprevenido.

Miré fuera a la noche, y allí vi una nueva causa de peligro. A cierta distancia delante y alrededor de la chabola había algunas formas oscuras. Estaban muy quietas, pero yo sabía que estaban completamente alerta y en guardia. En esa dirección había pocas posibilidades para mí.

Volví a echar una mirada rápida por el lugar. En los momentos de gran excitación y de gran peligro, que también es excitación, la mente trabaja muy aprisa, y la agudeza de las facultades que dependen de la mente crece en proporción. Ahora lo sentía así. En un instante asimilé toda la situación. Vi que habían agarrado el hacha a través de un pequeño agujero que había en uno de los tableros podridos, que debía estar muy podrido para permitir que se hiciera algo así sin una pizca de ruido.

La chabola era una trampa habitual para el asesinato y estaba protegida por todas partes. Sobre el techo había un estrangulador preparado para enredarme con su lazo por si me escapaba de la daga de la vieja arpía. Por delante, el camino estaba guardado por no sabía cuántos observadores; y por detrás había una fila de hombres desesperados —yo había visto sus ojos inmóviles a través de la grieta de los tableros del suelo, la última vez que miré— mientras estaban echados boca abajo esperando la señal de ponerse de pie. Si tenía que ocurrir alguna vez, ¡ahora era el momento!

Tan despreocupadamente como pude, me giré un poco sobre el taburete de modo que tuviese mi pierna derecha bien situada por debajo de mí. Entonces, con un salto repentino, girando la cabeza y protegiéndola con las manos, con el instinto de lucha de los antiguos caballeros, susurré el nombre de mi amada y me lancé sobre la pared trasera de la chabola.

Aunque estaban vigilantes, lo repentino de mi movimiento sorprendió a Pierre y a la vieja. Cuando me estrellé con las maderas podridas y las atravesé, vi que la vieja se levantaba con un salto como un tigre y oí su largo grito ahogado de rabia desconcertada. Mis pies aterrizaron sobre algo que se movía, y cuando salté para alejarme supe que había pisado la espalda de uno de los de la fila de hombres que estaban echados de cara fuera de la chabola. Yo estaba desgarrado por clavos y astillas, pero indemne por otra parte. Sin aliento, me apresuré hacia el montón que tenía frente a mí, y conforme iba oí el opaco estruendo de la chabola cuando se derrumbó en un amasijo.

Fue un ascenso de pesadilla. El montón, duro pero bajo, era horrorosamente empinado y con cada paso que daba la masa de basura y cenizas se venía abajo y cedía bajo mis pies. El polvo subía y me asfixiaba, era nauseabundo, fétido y espantoso, pero sentí que mi ascenso era a vida o muerte y seguí luchando. Los segundos eran como horas, pero los pocos momentos que tuve al empezar, combinados con mi juventud y mi fuerza, me dieron una gran ventaja, y aunque varias formas se esforzaban detrás de mí en un silencio mortal, que era más terrible que cualquier ruido, llegué fácilmente a la cumbre. Desde entonces he ascendido el cono del monte Vesubio, y mientras me esforzaba en subir aquella inclinación gris entre los vapores sulfurosos, me volvió el recuerdo de aquella horrorosa noche en Montrouge tan vívidamente que casi me desmayé.

Aquel montón era uno de los más altos en la zona de la basura, y mientras me esforzaba por llegar a lo alto, jadeando sin aire y con el corazón golpeteando como un mazo, vi lejos a mi izquierda el opaco resplandor rojo del cielo, y más cerca el parpadeo de unas luces. ¡Gracias a Dios! ¡Ahora sabía dónde estaba yo y dónde quedaba la carretera a París!

Durante dos o tres segundos hice un alto y miré hacia atrás. Mis perseguidores estaban aún muy detrás de mí, pero se esforzaban hacia arriba muy decididamente y en un silencio mortal. Más allá, la chabola era una ruina, una masa de maderas y de formas que se movían. Pude verla bien, pues las llamas estaban propagándose ya, evidentemente, los trapos y las pajas se habían prendido con el fuego del farol. ¡Y allí seguía el silencio! ¡Ni un solo ruido! Esas viejas ruinas pueden engañar al morir, de todos modos.

Yo no tenía tiempo para nada más que una mirada pasajera, porque cuando eché el ojo alrededor del montón para prepararme a hacer el descenso, vi que varias formas oscuras se apresuraban a su alrededor por todos lados para cortarme la retirada. Ahora era una carrera por la vida. Ellos estaban intentando dirigirse hacia mí en mi camino a París, y con el instinto del momento corrí hacia el lado derecho. Llegué justo a tiempo, porque, aunque recorrí la pendiente en pocos pasos, los cautelosos hombres que me observaban se dieron la vuelta, y cuando me apresuré hacia la abertura entre dos montones que tenía enfrente, uno de ellos casi me dio un golpe con aquella terrible hacha de carnicero. ¡Pero seguro que por allí no habría dos de esas armas!

Entonces empezó una persecución verdaderamente horrible. Corrí fácilmente por delante de los viejos, y hasta cuando algunos más jóvenes y unas cuantas mujeres se unieron a la caza me distancié de ellos con facilidad. Pero yo no conocía el camino, y ni siquiera podía guiarme por la luz del cielo, porque corría alejándome de ella. Había oído que, a menos que fuese con un propósito consciente, los hombres a quienes se persigue siempre giran a la izquierda, y eso me ocurrió entonces, y eso supongo que lo sabían también mis perseguidores, que eran más animales que hombres y que por malicia o instinto habían encontrado tales secretos por sí mismos, pues al terminar un rápido acelerón, tras el que tenía intención de tomarme un momento para respirar, vi de repente delante de mí dos o tres formas que pasaron rápidamente tras un montón a la derecha.

¡Ahora estaba de verdad en la tela de araña! Pero con el pensamiento de ese nuevo peligro llegó también el recurso del perseguido, de modo que salí disparado en el siguiente giro a la derecha. Seguí en esa dirección unos cientos de metros, y luego, girando otra vez a la izquierda, me sentí seguro de que de todas formas había evitado el peligro de que me rodeasen.

Pero no el de que me persiguiesen, pues vino la turba detrás de mí, constante, obstinada, implacable y todavía en un lúgubre silencio.

En aquella oscuridad mayor, los montones parecían ahora ser algo más pequeños que antes, aunque —pues la noche estaba cerrándose— parecían más grandes en proporción. Ahora iba muy por delante de mis perseguidores, así que corrí como un rayo subiendo el montón que tenía enfrente.

¡Ay, qué alegría más grande! Yo estaba cerca del borde de ese infierno de montones de basura. Lejos detrás de mí, la rojiza luz de París en el cielo, y altísimas por detrás se alzaban las alturas de Montmartre, una luz muy tenue, con puntos brillantes aquí y allá como estrellas.

En un momento recuperé el vigor y corrí sobre los pocos montones que quedaban, de tamaño decreciente y me encontré en la tierra nivelada de más allá de ellos. Sin embargo, incluso entonces la perspectiva no era muy invitadora. Todo lo que tenía delante de mí era oscuro y deprimente, y era evidente que había llegado a uno de esos lugares fríos, húmedos y bajos para los desperdicios que se encuentran aquí y allá en el entorno de las grandes ciudades. Lugares de desperdicios y de desolación, donde el espacio se requiere para la aglomeración definitiva de todo lo que es perjudicial, y en los que el suelo es tan pobre que no crea una ocupación indeseada ni de los ocupantes más bajos. Con los ojos acostumbrados a la oscuridad de la noche, y ahora lejos de las sombras de aquellos basureros terribles, yo veía con mucha más facilidad que lo que podía un poco antes. Por supuesto, podría haber ocurrido que un resplandor en el cielo de las luces de París, aunque la ciudad estaba alejada unos cuantos kilómetros, se reflejara en ese lugar. Fuera lo que fuese, vi lo bastante bien como para orientarme sin duda a alguna pequeña distancia a mi alrededor.

Por delante había un lúgubre y plano terreno para basura que estaba prácticamente nivelado, aquí y allá había el oscuro centelleo de charcos de agua estancada. Muy lejos a la derecha, entre un pequeño grupo de luces esparcidas, se alzaba la masa oscura de Fort Montrouge, y lejos a la izquierda, en la borrosa distancia, marcado por los resplandores aislados de las ventanas de las casas de campo, las luces en el cielo mostraban la localidad de Bicétre. Pensé por un momento y me decidí a ir a la derecha y tratar de llegar a Montrouge. Al menos allí habría algún tipo de seguridad, y era muy posible que mucho tiempo antes pudiese llegar a alguno de los cruces de carreteras que conocía. En algún lado, no muy lejos, debía estar la carretera estratégica que se construyó para conectar la cadena periférica de los fuertes que rodeaban la ciudad.

Entonces miré para atrás. Sobre los montones, y recortados contra el resplandor del horizonte parisino, vi moverse a varias figuras, y todavía más lejos a la derecha a varias más que se desplegaban entre mí y mi destino. Era evidente que tenían intención de meterse delante de mí en esa dirección, de modo que mi elección se vio restringida; ahora quedaba limitada a ir directamente hacia delante o girar a la izquierda. Agachándome hasta el suelo, de manera que tuviese la ventaja del horizonte como línea de referencia, miré con mucho cuidado en esa dirección, pero no pude detectar rastro alguno de mis enemigos. Razoné que como ellos no habían guardado aquel punto, ni intentaban hacerlo, ya había allí un peligro evidente para mí. De modo que me decidí a ir todo derecho al frente.

No era una perspectiva invitadora y conforme avancé la realidad se puso peor. El suelo era blando y rezumaba, y de cuando en cuando cedía bajo mi paso de una manera repelente. De algún modo iba bajando, porque a mi alrededor vi sitios más elevados que aquel en el que estaba, y eso que este era un lugar que hacía poco tiempo parecía totalmente nivelado. Miré a mi alrededor, pero no vi a ninguno de mis perseguidores. Eso resultaba extraño, porque aquellos pájaros de la noche me habían seguido todo el rato por la oscuridad tan eficazmente como si estuviésemos a plena luz del día. Cómo me culpé por haber salido vestido con mi traje turístico de *tweed* de color claro. El silencio, y el no poder ver a mis enemigos, aunque sentía que estaban observándome, se hizo horroroso y con la esperanza de que alguien que no perteneciese a ese equipo abominable me oyera, alcé la voz y grité varias veces. No hubo ni la más mínima respuesta, ni siquiera un eco, que recompensara mis esfuerzos. Durante un rato me quedé completamente inmóvil y mantuve los ojos en una dirección concreta. En uno de los lugares que se elevaban a mi alrededor vi que algo oscuro se movía a lo largo, luego otro, y otro. Eso era a mi izquierda y se movía para saltarme al cuello.

Creí que con mi habilidad como corredor podría eludir otra vez a mis enemigos en este juego, de modo que con toda velocidad salí disparado hacia adelante.

¡Noté chapoteos en mis pies!

Mis pies habían cedido en una masa de basura enfangada y yo caí de cabeza en el charco apestoso de agua estancada. El agua y el barro en que mis brazos se hundieron hasta los codos estaban sucios y asquerosos más allá de toda descripción, y en lo repentino de mi caída me había tragado realmente algo de esa suciedad, que casi me asfixió y me hizo respirar con dificultad. No olvidaré nunca los momentos en los que me quedé intentando recuperarme, medio desmayándome por el fétido olor del charco repugnante, cuya blanca neblina se elevó fantasmalmente alrededor. Lo peor de todo fue que, con la aguda desesperación del animal perseguido cuando ve que el grupo perseguidor se acerca mucho a él, vi ante mis ojos las oscuras formas de mis perseguidores, que se movían rápidamente para rodearme mientras yo me quedaba indefenso.

Es llamativo que nuestras mentes trabajen sobre extraños asuntos incluso cuando las energías del pensamiento están concentradas en alguna necesidad terrible y apremiante. Yo estaba en un momentáneo peligro de mi vida, mi seguridad dependía de mis actos, y mi variedad de alternativas venía ahora casi con cada paso que daba, pero no podía sino pensar en la extraña persistencia obstinada de aquellos viejos. Su muda resolución, su persistencia nefasta y firme incluso en una causa así infundía, además de miedo, una cierta medida de respeto. Lo que habrían podido ser en el vigor de su juventud. Ahora podía entender aquel trajín sobre el puente de Arcola[36] y aquella exclamación desde-

---

[36] Batalla en la que el mismo Napoleón Bonaparte agarró la bandera y lideró un asalto sobre el puente.

ñosa de la Vieja Guardia en Waterloo[37]. La elucubración inconsciente tiene sus propios placeres, incluso en tales momentos, pero afortunadamente no choca de ninguna manera con el pensamiento del que brota la acción.

Con una mirada me di cuenta de que de momento estaba vencido en mi objetivo, mis enemigos estaban ganando por ahora. Habían logrado rodearme por tres lados y estaban inclinados a espantarme a la izquierda, donde ya había algún peligro para mí, pues no habían dejado guardia alguna. Yo acepté la alternativa, era un caso de «elección de Hobson»[38] y corrí. Tuve que mantenerme en un terreno más bajo pues mis perseguidores estaban en los lugares más altos. Sin embargo, aunque el rezumar y el suelo accidentado me obstaculizaban, mi juventud y mi entrenamiento me hicieron capaz de mantener mi posición, y al seguir una línea diagonal no sólo impedí que me ganasen terreno, sino que incluso empecé a distanciarme de ellos. Eso me dio más coraje y más fuerzas, y hacia ese momento el entrenamiento habitual empezaba a mostrarse y me había venido un cambio de aires. Por delante de mí el suelo subía ligeramente. Corrí cuesta arriba y vi que ante mí había una desolación de cieno aguanoso, con una presa o dique de aspecto negro y gris más allá. Noté que sólo con que pudiera alcanzar aquella presa con seguridad, allí, con terreno firme bajo los pies y alguna clase de sendero que me guiase, podría encontrar con relativa facilidad un camino de salida para mis problemas. Después de haber echado una mirada a izquierda y derecha y de no ver a nadie cerca, hice que mis ojos llevasen a cabo por unos minutos su trabajo de ayudar a mis pies mientras cruzaba el pantano. Era un trabajo duro y rudo, pero había poco peligro, meramente un poco de esfuerzo, y me costó poco tiempo llegar al dique. Corrí cuesta arriba exultante, pero otra vez me encontré con una nueva conmoción. A cada uno de mis lados se levantaron varias figuras agachadas, y corrían hacia mí desde todas partes. Cada uno de ellas llevaba una cuerda.

El cordón estaba casi completado, yo no podía pasar por ningún sitio y el fin estaba cerca.

---

[37] La Vieja Guardia luchó hasta el final para permitir la huída de Napoleón ante la clara derrota en Waterloo. A la oferta de rendición final, se dice que el general Cambronne dijo unas palabras que pasaron a la Historia: *La guardia muere, pero no se rinde,* aunque al parecer lo que dijo fue un simple y sonoro *merde!*

[38] Una elección aparentemente libre que no es una elección en absoluto.

Sólo había una oportunidad, y la aproveché. Me lancé sobre el puente y, escapándome de las mismas garras de mis enemigos, me arrojé a la corriente.

En cualquier otro momento yo podría haber pensado que esa agua era nauseabunda y asquerosa, pero ahora fue tan bienvenida como la de la corriente más cristalina para el viajero sediento. ¡Era un camino a la seguridad!

Mis perseguidores se apresuraron detrás de mí. Si uno solo de ellos hubiese sujetado la cuerda, todo se habría acabado para mí, porque habría podido enredarme en ella antes de que yo tuviese tiempo para dar una brazada, pero las muchas manos que la sujetaban los estorbó y los retrasó, y cuando la cuerda golpeó el agua oí el chapoteo muy detrás de mí. Unos pocos minutos de nadar con fuerza me llevaron al otro lado de la corriente. Refrescado por la inmersión y motivado por el escape, subí al dique con un relativo regocijo en la mente.

Desde arriba miré hacia atrás. En la oscuridad vi que mis agresores se dispersaban arriba y abajo por el dique. Evidentemente, la persecución no había terminado y otra vez tenía que elegir un trayecto. Más allá del dique donde estaba había un espacio agreste y pantanoso muy parecido al que había cruzado. Me decidí a evitar un lugar así y por un momento pensé si iría hacia arriba o hacia abajo por el dique. Creí oír un ruido, el amortiguado ruido de remos, de modo que escuché y luego grité.

No hubo respuesta, pero cesó el ruido. Era evidente que mis enemigos se habían hecho con algún tipo de bote. Como estaban por encima de mí, me decidí por el camino hacia abajo y empecé a correr. Al pasar por la izquierda el lugar donde había entrado en el agua, oí varios chapoteos, suaves y sigilosos, como el ruido que hace una rata cuando se zambulle en la corriente, pero muchísimo mayor, y cuando miré vi que la oscura superficie del agua estaba rota por las pequeñas olas que formaban varias cabezas que avanzaban hacia mí. Algunos de mis enemigos también estaban nadando en la corriente.

Y ahora detrás de mí, corriente arriba, el silencio se rompió con el rápido traqueteo y chirrido de remos, mis enemigos estaban pisándome los talones. Puse en primer lugar mi mejor pierna y seguí corriendo. Después de un par de minutos de carrera, miré hacia atrás y por un resplandor de luz a través de las nubes rotas vi que varias sombras oscuras trepaban al dique detrás de mí. El viento había empezado en ese momento a levantarse y el agua a mi lado estaba rizada y empezando a crear olas diminutas en el dique. Tenía que mantener los ojos fijos en el terreno delante de mí no fuese que me tropezara, pues sabía que tropezar era la muerte. Tras unos pocos minutos, miré detrás de mí. Sobre el dique había sólo unas pocas figuras oscuras, pero cruzando el terreno baldío y pantanoso había muchas más. No sabía qué peligro nuevo auguraba aquello, sólo podía suponerlo. Entonces, mientras corría, me pareció que mi recorrido descendía constantemente a la derecha. Miré hacia adelante y vi que el río era mucho más ancho que antes, que el dique sobre el que estaba caía más a lo lejos y que más allá había otra corriente en cuya orilla más cercana vi algunas de las sombras oscuras que cruzaban ahora el pantano. Yo estaba en una isla de algún tipo.

Mi situación era verdaderamente terrible en ese momento, pues mis enemigos me habían acorralado por todas partes. Por detrás llegó el apresurado rodar de los remos, como si mis perseguidores supieran que el final estaba próximo. A mi alrededor había desolación por todas partes, no había ningún tejado ni luz hasta donde pude ver. Muy lejos a la derecha se alzó una masa oscura, pero no supe lo que era. Por un momento hice una pausa para pensar qué debía hacer y nada más, pues mis perseguidores se estaban acercando. Entonces me decidí. Me deslicé hacia abajo en la orilla y me metí en el agua. Me puse a nadar hacia adelante, de manera que pudiera llegar a la corriente, dejando atrás el remanso de la isla, pues eso supuse que era cuando llegué a la corriente. Esperé hasta que una nube cruzase sobre la luna y lo dejase todo en la oscuridad. Entonces me quité el sombrero y lo deposité suavemente sobre el agua de manera que flotase con la corriente, y un segundo después me zambullí a la derecha y buceé bajo el agua con todas mis fuerzas. Supongo que estuve medio minuto bajo el agua, y cuando salí de ella lo hice tan suavemente como pude, y dándome la vuelta, miré hacia atrás. Allí iba mi sombrero marrón claro, que flotaba alejándose alegremente. Muy cerca por detrás de él iba un bote viejo y desvencijado, empujado furiosamente por un par de remos. La luna estaba todavía parcialmente oscurecida por las nubes a la deriva, pero en aquella luz parcial pude ver a un hombre en la proa que sujetaba en alto, preparado para golpear, aquella misma alabarda de la que me había escapado antes. Cuando miraba, el bote se acercó cada vez más y el hombre golpeó violentamente. El sombrero desapareció, el hombre se cayó hacia delante y casi se salió del bote. Sus compañeros lo arrastraron para sacarlo, pero sin el hacha, y entonces, cuando giré con todas mis energías para llegar a la orilla más alejada, oí el feroz zumbido del farfullado «¡maldita sea!» que señalaba la rabia de mis desconcertados perseguidores.

Aquel fue el primer sonido que oí de labios humanos durante toda esta terrible cacería y, aunque estaba lleno de amenaza y de peligro, para mí fue un sonido muy bienvenido, pues rompía aquel espantoso silencio que me envolvía y me paralizaba. Era como una señal evidente de que mis adversarios eran hombres y no fantasmas, y que con ellos al menos tenía la oportunidad de hombre, aunque no fuese más que uno contra muchos.

Pero ahora que el hechizo del silencio estaba roto, los ruidos llegaron abundantes y rápidos. Del bote a la orilla, y de la orilla al bote llegaron rápidas preguntas y respuestas, todo ello en el más feroz de los susurros. Yo miré hacia atrás, una cosa fatal que hacer pues al instante alguien divisó mi cara, que se mostraba blanca sobre el agua oscura, y gritó. Me señalaron unas manos y en unos momentos el bote estuvo lleno y me seguía con fuerza. Sólo me quedaba un poco de camino que hacer, pero el bote vino cada vez más aprisa detrás de mí. Unas pocas brazadas más y yo estaría en la orilla, pero sentía que el bote se acercaba y en cada momento esperaba sentir el choque de un remo o de cualquier otra arma en mi cabeza. Si no hubiese visto desaparecer en el agua esa temible hacha creo que no habría llegado a la orilla. Oí las farfulladas maldiciones de los que no remaban y la respiración trabajosa de los que remaban. Con un supremo esfuerzo por la vida o por la libertad, llegué a la orilla y salté encima de ella. No había ni un solo segundo que perder, pues detrás de mí el bote encalló y varias formas oscuras saltaron para seguirme. Llegué a la parte alta del dique y volví a correr manteniéndome a la izquierda. El bote se retrasó y siguió corriente abajo. Al ver esto temí que hubiera peligro en esa dirección, y girando rápidamente corrí por el dique sobre el otro lado, y después de pasar un corto trecho de terreno pantanoso llegué a una zona abierta y llana, y aceleré.

Mis incansables perseguidores seguían detrás de mí. Por debajo de mí, muy lejos, vi esa misma masa oscura de antes, pero ahora se había acercado y era más grande. Mi corazón se agitó con gran emoción y deleite, pues supe que debía ser la fortaleza de Bicêtre y seguí corriendo con nuevo valor. Yo había oído que entre cada uno de los fuertes de protección de París hay caminos estratégicos, carreteras profundamente hundidas donde los soldados que marchaban podían refugiarse del enemigo. Yo sabía que si podía llegar a esa carretera estaría a salvo, pero en la oscuridad no podía ver ninguna señal de ella, así que seguí corriendo con la ciega esperanza de dar con ella.

Al poco llegué al borde de un corte profundo y vi que por debajo de mí pasaba una carretera protegida a cada lado por una zanja de agua, cercada en cada lado por una valla recta y alta.

Estaba más débil y aturdido, pero seguí corriendo; el terreno se hizo más accidentado, cada vez más, hasta que me tambaleé y caí, y volví a ponerme en pie y corrí con la ciega angustia del perseguido. De nuevo me enervó pensar en Alice. Yo no iba a perderme y arruinar su vida. Me esforzaría y lucharía por mi vida hasta el amargo final. Con gran esfuerzo pude agarrarme de la parte de arriba de la tapia. Mientras trepaba como un gato montés para subirme encima, sentí realmente una mano que tocaba la suela de mi zapato. Ahora estaba sobre una especie de camino elevado y delante de mí vi una luz débil. Seguí corriendo a ciegas y mareado, me tambaleé, caí y me puse en pie cubierto de sangre y de basura.

—*Halt là!*[39]

Las palabras sonaron como una voz del cielo. Un acceso de luz me rodeó y grité con alegría.

—*Qui va là?*[40]

El traqueteo de mosquetería, el destello del acero ante mis ojos. Me detuve instintivamente, aunque cerca detrás de mí venía el trajín de mis perseguidores.

Otras pocas palabras, y desde la entrada salió lo que me pareció una marea de rojo y azul, que resultó ser la guardia. Todo a mi alrededor estaba resplandeciente de luz, y lleno del destello del acero, del tintineo y el traqueteo de las armas, y de las sonoras y ásperas voces de mando. Cuando caí hacia delante, completamente exhausto, un soldado me agarró. Miré hacia atrás con una terrible expectativa y vi que

---

[39] ¡Alto ahí!
[40] ¿Quién anda ahí?

la masa de formas oscuras desaparecía en la noche. Entonces debí haberme desmayado. Cuando recuperé el sentido estaba en el cuarto de guardia. Me dieron coñac y después de un rato conseguí decirles algo de lo que había ocurrido. Entonces apareció un comisario de policía como del aire, como es la manera de los oficiales de la policía parisina. Escuchó atentamente y luego consultó un momento con el oficial al mando. Aparentemente se pusieron de acuerdo, pues me preguntaron si estaba listo ahora para ir con ellos.

—¿Adónde? —pregunté mientras me ponía en pie para ir.

—De vuelta a los montones de basura. ¡Quizá todavía podamos atraparlos!

—¡Lo intentaré! —dije.

Me miró intensamente por un momento, y de repente dijo:

—¿Quiere usted esperar un poco o dejarlo hasta mañana, joven inglés?

Eso me tocó la fibra, como quizá tenía él intención de hacer, y me puse en pie de un salto.

—¡Vamos ahora! —dije—. ¡Ahora! ¡Ahora! ¡Un inglés está siempre preparado para cumplir con su deber!

El comisario era un buen hombre, tanto como astuto; me dio un manotazo amable en el hombro.

—*Brave garçon!*[41] —dijo—. Perdóneme, pero sabía lo que le sentaría mejor. La guardia está preparada. ¡Vamos!

Y así, pasando directamente a través del cuarto de guardia y a través de un pasaje abovedado, salimos a la noche. Unos cuantos de los hombres tenían linternas potentes. A través de patios y bajando por un camino en pendiente salimos fuera por una arcada baja a una carretera hundida, la misma que había visto en mi huida. Se dio la orden de duplicar la dotación, y con unas zancadas rápidas y elásticas, mitad carrera, mitad paso normal, los soldados fueron velozmente por la carretera. Noté mis fuerzas renovadas, así es la diferencia entre cazador y cazado. Una distancia muy corta nos llevó a un puente flotante muy bajo sobre la corriente, y evidentemente muy poco más alto que el que yo había golpeado. Resultaba claro que se había hecho algún esfuerzo para dañarlo, pues todas las cuerdas

---

[41] ¡Muchacho valiente!

estaban cortadas y habían roto una de las cadenas. Oí que el oficial le decía al comisario:

—¡Hemos llegado justo a tiempo! Unos minutos más, y habrían destruido el puente. ¡Adelante aún más rápido!

Y seguimos adelante. Llegamos de nuevo a otro puente flotante en la sinuosa corriente. Al venir oímos el hueco estampido de barriles de metal cuando se renovaron los esfuerzos para destruir el puente. Se dio la orden y varios hombres levantaron sus rifles.

«¡Fuego!». Sonó una descarga. Hubo un grito apagado y las formas oscuras se dispersaron. Pero el daño estaba hecho y vimos que el extremo más alejado del puente flotante oscilaba en la corriente. Eso era un retraso serio y pasó casi una hora hasta que renovamos las cuerdas y reparamos el puente lo suficiente para permitirnos cruzar.

Renovamos la caza. Fuimos cada vez más rápido hacia los montones de basura.

Después de un rato llegamos a un lugar que yo conocía. Había los restos de una hoguera, unos pocos rescoldos de madera arrojaban todavía un resplandor rojo, pero la mayor parte de la ceniza estaba fría. Yo reconocí el sitio donde estaba la chabola y de la colina de la parte de atrás, donde había corrido, y en el resplandor parpadeante brillaban aún los ojos de las ratas con una especie de fosforescencia. El comisario habló unas palabras con el oficial y gritó:

—¡Alto!

Los soldados recibieron órdenes de esparcirse por alrededor y observar, y entonces comenzamos el examen de las ruinas. El comisario mismo empezó a levantar los tableros carbonizados y la basura. Los soldados los agarraron y los apilaron. Inmediatamente volvió a empezar, entonces se agachó y se levantó haciéndome señas para que me acercase.

—¡Mire! —dijo.

Era una visión horripilante. Había un esqueleto tumbado boca abajo, por las líneas era una mujer, una mujer vieja por la gruesa fibra de los huesos. Entre las costillas se alzaba un largo pincho como una daga, hecho con un cuchillo de afilar de carnicero, su aguda punta estaba embutida en la columna vertebral.

—Observarán ustedes —nos dijo el comisario al oficial y a mí al sacar su cuaderno de notas— que la mujer ha debido caerse sobre la daga. Aquí hay muchas ratas —miren sus ojos brillando entre el montón de huesos— y también se darán cuenta —yo me estremecí cuando puso la mano sobre el esqueleto— del poco tiempo que han perdido, ¡los huesos apenas están fríos!

No había ninguna otra señal de que hubiese gente cerca, viva o muerta, de modo que los soldados se pusieron otra vez en fila y pasaron. Al poco llegamos al refugio hecho con el armario antiguo. Nos acercamos. En cinco de los seis compartimentos había un hombre durmiendo, tan profundamente que ni siquiera el resplandor de las linternas los despertó. Tenían un aspecto viejo, gris y canoso, con sus caras demacradas, arrugadas y de color de bronce, y sus blancos bigotes.

El oficial exclamó áspera y ruidosamente unas órdenes, y en un instante cada uno de ellos estaba de pie ante nosotros en la postura de firmes.

—¿Qué hacéis aquí?

—Dormir —fue la respuesta.

—¿Dónde están los demás traperos? —preguntó el comisario.

—Se han ido a trabajar.

—¿Y vosotros?

—¡Nosotros estamos de guardia!

—¡Vaya peste! —rio el oficial sombríamente mientras miraba a los viejos uno detrás de otro a la cara, y añadió con una fría y deliberada crueldad—: ¡Dormidos de servicio! ¿Son estos los modos de la Vieja Guardia? ¡Entonces no hay que asombrarse de Waterloo!

Con el resplandor de la linterna vi que aquellas caras grises y viejas se volvían mortalmente pálidas, y me estremecí por el aspecto de los ojos de los viejos cuando las risas de los soldados se hicieron eco de la lúgubre broma del oficial.

En ese momento sentí que estaba vengado en cierta medida. Por un momento pareció como si fuesen a arrojarse sobre el burlón, pero sus años les habían enseñado y se quedaron quietos.

—Vosotros sólo sois cinco —dijo el comisario—, ¿dónde está el sexto?

La respuesta llegó con una risita desagradable.

—Está ahí —y el que hablaba señaló al fondo del armario—. Murió anoche. No encontraréis gran cosa de él. ¡El entierro de las ratas es muy rápido!

El comisario se inclinó y miró dentro del armario. Luego se volvió hacia el oficial y dijo con calma:

—Podemos ir de vuelta. Ahora no hay señales aquí, nada que pruebe que ese era el hombre herido por las balas de sus soldados. Probablemente lo mataron para cubrir el rastro. ¡Mire! —se encorvó otra vez y puso las manos sobre el esqueleto—. Las ratas trabajan aprisa y son muchas. ¡Estos huesos están calientes!

Yo me estremecí, y otro tanto hicieron muchos de los que estaban a mi alrededor.

«¡A formar!», dijo el oficial. Y así, en orden de marcha, con las linternas balanceándose por delante y los veteranos esposados en el medio, salimos con paso firme de los montones de basura y regresamos a la fortaleza de Bicétre.

Pero cuando echo la vista atrás sobre aquellos difíciles doce meses, uno de los incidentes más vívidos que me vienen a la memoria es el que está asociado con mi visita a la Ciudad de la Basura.

UN SUEÑO CON MANOS ROJAS

La primera opinión que me dieron respecto a Jacob Settle fue una simple declaración descriptiva: «él es un tipo triste», pero averigüé que eso era la personificación de los pensamientos y las ideas de todos sus compañeros de trabajo. Había en esa frase cierta tolerancia fácil, una ausencia de sentimientos positivos de alguna clase, más que una opinión completa, que señalaba muy acertadamente el lugar donde se hallaba el hombre en la consideración pública. Aun así, había cierta disparidad entre esto y su apariencia que inconscientemente me puso a pensar, y cuando conocí más el lugar y los trabajadores, llegué poco a poco a tener un interés especial en él. Averigüé que siempre estaba haciendo todo tipo de amabilidades que no supusieran gastos de dinero que estuviesen más allá de sus humildes medios, sino en múltiples medios de previsión, paciencia y negación de sí que son las verdaderas caridades de la vida. Las mujeres y los niños confiaban en él incondicionalmente, aunque, bastante extrañamente, él más bien los rehuía, excepto cuando alguien estaba enfermo, porque entonces hacía su aparición para ayudar si podía, tímida y torpemente. Llevaba una vida muy solitaria, manteniendo su hogar por sí mismo en una casa diminuta, o más bien una cabaña de una habitación, que estaba lejos, al borde del páramo. Su existencia era tan triste y solitaria que deseé animarla, y con ese propósito aproveché la ocasión, cuando los dos estábamos sentados con un niño al que herí en un accidente, para ofrecerme a prestarle libros. Él aceptó con mucho gusto, y cuando nos separamos en el gris del amanecer sentí que algo de confianza mutua se había establecido entre nosotros dos.

Me devolvía siempre los libros muy cuidadosa y puntualmente, y con el tiempo Jacob Settle y no nos hicimos muy amigos. Cuando yo cruzaba el páramo los domingos, algunas veces iba a echarle un vistazo, pero en tales ocasiones era tímido y cohibido, de modo que me sentí reticente de pasar a verlo. Él no vendría nunca, bajo ninguna circunstancia, a mi propio alojamiento.

Un domingo por la tarde yo regresaba de un largo paseo más allá del páramo, y al pasar por la casa de campo de Settle me detuve a la puerta para decirle «¿Cómo le va?». Como la puerta estaba cerrada, creí que habría salido, y llamé con los nudillos simplemente por las formas, o por costumbre, sin esperar conseguir respuesta alguna. Para mi sorpresa, oí dentro una voz débil, aunque no pude oír lo que decía. Entré inmediatamente y encontré a Jacob tumbado a medio vestir en su cama. Estaba pálido como un muerto y el sudor le rodaba por la cara. Sus manos agarraban inconscientemente la ropa de cama lo mismo que un hombre que se ahoga se aferra a cualquier cosa que pueda agarrar. Al entrar yo, él se levantó a medias con una expresión alocada y atormentada en los ojos, que estaban completamente abiertos y miraban como si algo horroroso se hubiese presentado ante él, pero cuando me reconoció se hundió en el sofá con un apagado sollozo de alivio y cerró los ojos. Me quedé a su lado un rato, algunos minutos, mientras él respiraba agitadamente. Entonces abrió los ojos y me miró, pero con una expresión tal de desaliento y de aflicción que, tan seguro como que soy un hombre vivo, habría preferido ver esa helada expresión de horror de antes. Me senté a su lado y le pregunté por su salud. Durante un rato no me respondió, excepto para decir que no estaba enfermo, pero entonces, después de escudriñarme atentamente, se alzó a medias sobre un codo y dijo:

—Le agradezco su amabilidad, señor, pero estoy diciéndole simplemente la verdad. No estoy enfermo, como lo llaman los hombres, aunque Dios sabe si hay o no enfermedades peores que las que conocen los médicos. Voy a decírselo, ya que es usted tan amable, pero confío que ni siquiera le mencione tal cosa a nadie, porque eso podría crearme una aflicción todavía mayor. Estoy sufriendo de una pesadilla.

—¡Una pesadilla! —dije con la esperanza de animarlo—. Pero los sueños mueren con la luz, hasta con el despertar.

Ahí me detuve, porque antes de que hablase vi la respuesta en su mirada desolada alrededor del pequeño lugar.

—¡No! ¡No! Eso está muy bien para la gente que vive cómodamente y con aquellos que ama a su alrededor. Es mil veces peor para quienes viven solos y tienen que hacerlo. ¿Qué alegrías hay para mí, que me despierto aquí en el silencio de la noche, con el ancho páramo a mi alrededor, lleno de voces y de caras que hacen que mi despertar sea un sueño peor que cuando duermo? ¡Ay, joven caballero! ¡Usted no tiene un pasado que pueda enviar a la gente sus legiones de oscuridad y de espacio vacío, y rezo al buen Dios que no lo tenga nunca!

Cuando hablaba había tal seriedad irresistible de convicción en su comportamiento, que abandoné mis protestas sobre su solitaria vida. Sentí que estaba en presencia de una influencia secreta que yo no podía comprender. Para mi alivio, pues yo no sabía qué decir, él siguió hablando:

—Hace dos noches que estoy soñándolo. La primera noche ya fue bastante duro, pero lo superé. Anoche la expectativa misma fue peor que el sueño... hasta que vino el sueño y entonces barrió toda rememoración de un dolor menor. Estuve despierto hasta justo antes del amanecer, y entonces volvió otra vez. Desde entonces he estado en una agonía como la que estoy seguro que se siente al morir, y con todo el temor a esta noche.

Antes de que él llegara al final de su frase, me decidí, ya que sentí que podía hablar más animadamente con él.

—Intente irse a dormir temprano esta noche, de hecho, antes de que termine la tarde. El sueño lo reanimará y le prometo que no habrá más pesadillas después de esta noche.

Él meneó la cabeza sin esperanza, así que me quedé sentado un poco más y luego lo dejé.

Cuando llegué a casa hice mis arreglos para la noche, pues me había decidido a compartir la solitaria vigilia de Jacob Settle en su casa del páramo. Consideré que si se ponía a dormir antes de la puesta de sol se despertaría mucho antes de la medianoche, así que, justo antes de que las campanas de la ciudad diesen las once estuve frente a su puerta armado con una bolsa en la que estaba mi cena, una botella muy grande, un par de velas y un libro. La luz de la luna resplandecía e inundaba todo el páramo hasta que estaba casi tan iluminado como de día, pero ocasionalmente unas nubes cruzaban el cielo y creaban una oscuridad que era muy perceptible en comparación. Abrí suavemente la puerta y entré sin despertar a Jacob, que estaba dormido con su blanca cara hacia arriba. Estaba inmóvil y otra vez bañado en sudor. Intenté imaginar qué visiones estaban pasando delante de sus ojos cerrados que pudiesen traer consigo la tristeza y la aflicción que estaban patentes en su cara, pero me falló la imaginación y esperé a que se despertara. Eso llegó de repente, y de una manera que me tocó hasta la fibra, pues el sordo gemido que salió de los blancos labios del hombre cuando se medio levantó y volvió a hundirse fue evidentemente la realización o la culminación de alguna ilación de pensamientos que habían ocurrido antes.

«Si esto es el sueño —me dije—, entonces debe estar basado en alguna realidad terrible. ¿Qué puede haber sido ese hecho triste del que hablaba?».

Mientras me hablaba a mí mismo así, él se dio cuenta de que yo estaba con él. Me chocó como extraño que no hubiese tenido ningún período de esa duda de si lo rodeaba el sueño o la realidad que por lo común marca el entorno esperado de los hombres al despertar. Con un optimista grito de alegría, me agarró la mano y la sujetó entre las suyas, húmedas y temblorosas, igual que un niño asustado se aferra a cualquiera de los que ama. Intenté tranquilizarlo:

—¡Vamos, vamos! Todo está bien, he venido a quedarme con usted esta noche y juntos intentaremos luchar con esa pesadilla.

Súbitamente, me soltó la mano, volvió a hundirse en su cama y se cubrió los ojos con las manos.

—¿Luchar con él, con el mal sueño? ¡Ah, no, señor, no! Ningún poder mortal puede luchar con ese sueño, porque viene de Dios y está enterrado aquí —y se dio una palmada en la frente. Entonces continuó—: Es el mismo sueño, siempre es el mismo, pero crece en fuerza para torturarme cada vez que viene.

—¿Qué sueño es ese? —pregunté pensando que hablar de ello podría proporcionarle algún alivio, pero se alejó de mí y después de una larga pausa, dijo:

—No, es mejor que no se lo diga. Podría no volver.

Había algo que manifiestamente me ocultaba, algo que había detrás del sueño, de modo que respondí:

—Muy bien, espero que haya visto usted lo último. Pero si volviese el sueño me lo diría, ¿verdad? No lo pido por curiosidad, sino porque creo que puede aliviarle hablar de ello.

Él respondió con lo que creí que era una solemnidad indebida:

—Si viene otra vez, le diré todo.

Entonces intenté apartar su mente del tema hacia cosas más prosaicas, de modo que saqué la cena y le hice que la compartiese conmigo, incluyendo el contenido de la botella. Tras un rato, él se afirmó, y cuando encendí mi cigarro le di otro a él, fumamos durante una hora y hablamos de muchas cosas. Poco a poco la comodidad de su cuerpo se infiltró en su mente y vi que el sueño ponía sus amables manos sobre sus párpados. Él también lo sintió y me dijo que ahora se sentía bien y que podía dejarlo con seguridad, pero le dije que, tuviese razón o no, iba a verlo a la luz del día. Así que encendí mi otra vela y empecé a leer cuando él se quedó dormido.

Me fui interesando en mi libro poco a poco, tan interesado estaba que al poco me sorprendió que se me cayera de las manos. Miré y vi que Jacob todavía estaba dormido, y me alegró ver que en su cara había un aspecto de insólita felicidad mientras sus labios se movían con palabras mudas. Entonces volví a mi ocupación otra vez, y otra vez me desperté, pero esta vez me sentí helado hasta los huesos al oír la voz de la cama a mi lado:

—¡No! ¡Con esas manos rojas, no! ¡Nunca! ¡Nunca!

Al mirarlo vi que todavía estaba dormido. Sin embargo, se despertó en un instante y no se sorprendió al verme; otra vez había esa extraña apatía por lo que lo rodeaba. Entonces dije:

—Cuénteme su sueño, Settle. Puede usted hablar con libertad, porque consideraré sagrada su confidencia. Mientras vivamos los dos yo no mencionaré nunca lo que usted quiera contarme.

—Dije que lo haría, pero será mejor que primero le diga lo que va antes del sueño, y así podrá comprender. Cuando yo era muy joven fui maestro de escuela, era sólo una escuela parroquial en un pueblecito del West Country; no hace falta decir nombres, es mejor que no. Yo estaba comprometido a casarme con una joven a quien amaba y reverenciaba. Fue la vieja historia. Mientras estábamos esperando el momento en que pudiésemos permitirnos crear un hogar juntos, llegó otro hombre. Era casi de mi misma edad, un caballero bien parecido, y tenía todas las formas atractivas de la caballerosidad para una mujer de nuestra clase. Él se iba a pescar y ella se encontraba con él mientras yo estaba trabajando en la escuela. Razoné con ella y le supliqué que lo abandonase. Le ofrecí casarme al momento, irnos lejos y empezar el mundo en un país extranjero, pero ella no escuchaba nada de lo que yo decía, y yo pude ver que ella estaba enamoriscada de él. Entonces me hice cargo de reunirme con el hombre y pedirle que tratase bien a la muchacha, pues creí que sus intenciones con ella eran honradas, de manera que no hubiese habladurías, ni oportunidad para ellas, por parte de los demás. Fui allí, me encontraría con él a solas, ¡y nos reunimos!

En ese momento, Jacob Settle tuvo que hacer una pausa, pues algo se alzaba en su garganta y empezó a respirar trabajosamente. Luego siguió adelante:

—Señor, tan cierto como que Dios está por encima de nosotros, aquel día no hubo ningún pensamiento egoísta en mi corazón, yo amaba a mi hermosa Mabel demasiado bien como para contentarme con una parte de su amor, y había pensado demasiado a menudo en mi propia infelicidad como para no haberme dado cuenta de que, le pasara a ella lo que le pasara, mi esperanza había desaparecido. Él fue muy insolente conmigo... Usted, señor, que es un caballero, quizá no sepa lo mortificante que puede ser la insolencia de alguien que tiene una posición por encima de uno, pero aguanté. Le supliqué que tratase bien a la muchacha, pues lo que para él podría ser sólo el pasatiempo de una hora ociosa, podría suponer romperle el corazón. Porque no tuve nunca un pensamiento acerca de la verdad de ella, ni que pudiese sucederle el peor de los daños, era sólo la infelicidad de su corazón lo que temía. Pero cuando le pregunté cuándo tenía intención de casarse con ella, su risa me irritó de tal modo que perdí los nervios y le dije que no iba a quedarme de mirón para ver que su vida se hacía infeliz. Entonces él también se enojó, y en su ira dijo cosas tan crueles de ella, que en ese momento y lugar juré que él no viviría para hacerle daño. Sabe Dios cómo sucedió, porque en esos momentos de pasión es difícil recordar los pasos que se dieron entre las palabras y los golpes, pero me encontré de pie sobre su cadáver, con mis manos de color carmesí por la sangre que brotó de su garganta desgarrada. Nosotros estábamos solos y él era un desconocido, sin que nadie de los suyos lo buscara, y el asesinato no siempre sale a la luz... no todo a la vez. Por lo que sé, sus huesos deben estar todavía blanqueándose en el remanso del río donde lo dejé. Nadie sospechó de su ausencia ni de por qué fue, excepto mi pobre Mabel, y ella no se atrevió a hablar. Pero todo fue en vano, porque cuando volví después de una ausencia de meses

—pues no pude vivir en aquel lugar—, me enteré de que su vergüenza había llegado y que había muerto en ella. Hasta entonces había estado cargado con el pensamiento de que mi mala acción había salvado su futuro, pero en el momento en el que supe que había llegado demasiado tarde y que mi pobre amor había sido mancillada por el pecado de ese hombre, hui de allí con la sensación de que mi inútil culpa caía sobre mí más pesadamente que lo que podía soportar. ¡Ay, señor! Usted, que no ha cometido un pecado así, no sabe lo que es llevarlo encima. Usted podría pensar que la costumbre lo vuelve fácil, pero no es así. Va creciendo de hora en hora hasta que se hace intolerable, y también va creciendo el sentimiento de que uno debe quedarse para siempre fuera del Paraíso. Usted no sabe lo que significa eso, y ruego a Dios que no lo sepa nunca. Los hombres corrientes, para quienes todas las cosas son posibles, no piensan a menudo en el Paraíso, si es que lo hacen. Es un nombre y nada más, y se contentan con esperar y dejar que pasen las cosas; pero usted no puede saber lo que significa para aquellos que están condenados a quedarse fuera para siempre, usted no puede suponer ni medir el terrible anhelo interminable de ver esas puertas celestiales abiertas y de poder unirse a las blancas figuras de dentro.

»Y eso me lleva a mi sueño. Parecía que el portal estaba ante mí, con grandes portones de acero macizo de barrotes del grosor de un mástil elevándose hasta las mismas nubes, y tan cerca unos de otros que entre ellos sólo se podía divisar una gruta de cristal, en cuyas brillantes paredes figuraban muchas formas vestidas de blanco con las caras radiantes de alegría y júbilo. Cuando estaba ante el pórtico, mi corazón y mi alma estaban tan llenos de éxtasis y de añoranza que me olvidé. Y allí, en la entrada, había dos ángeles poderosos con alas de gran envergadura y, ¡oh!, con un semblante muy severo. Cada uno llevaba en una mano una espada de fuego y en la otra el pestillo, que se movía de aquí para allá con el toque más leve que le daban. Más cerca estaban las figuras completamente vestidas de negro, con las cabezas cubiertas de manera que sólo se veían los ojos, que les daban vestiduras blancas como las que llevaban los ángeles a todos los que venían. Llegó un murmullo bajo que decía que todos tenían que ponerse sus propias vestiduras, y sin mancha alguna, o los ángeles no los dejarían pasar y los golpearían con las espadas de fuego. Yo estaba impaciente por ponerme mis propias vestiduras y las arrojé precipitadamente sobre mí y fui a paso ligero a las puertas, pero éstas no se movieron y los ángeles, soltando el pestillo, señalaron a mis ropas. Las miré y me quedé espantado, porque toda la ropa estaba manchada de sangre. Mis manos estaban rojas, brillaban con la sangre que goteaba de ellas como en aquel día junto a la orilla del río. Y entonces levantaron los ángeles sus espadas de fuego para golpearme, y el horror fue completo... Yo me desperté. Aquel sueño espantoso venia a mí otra vez, y otra, y otra. No aprendo nunca de la experiencia, no la recuerdo nunca, pero al principio la esperanza está siempre allí para hacer que el final sea más desastroso. Sé que el sueño no sale de la oscuridad cotidiana donde residen los sueños, ¡sino que es enviado por Dios como castigo! Nunca, nunca podré pasar de la entrada, ¡porque la mancha en las vestiduras de los ángeles debe salir alguna vez de esas manos ensangrentadas!

Yo escuché como en un hechizo mientras hablaba Jacob Settle. Había algo tan lejano en el tono de su voz, algo tan místico y como soñado en los ojos, que era como si mirase a través de mí a algún espíritu que estuviese detrás. Algo tan elevado por su propia dicción y con un contraste tan marcado con sus desgastadas ropas y con su pobre entorno que me pregunté si todo el asunto no sería un sueño.

Los dos nos quedamos en silencio mucho tiempo. Yo seguía mirando a ese hombre que estaba ante mí con un asombro creciente. Ahora que había hecho su confesión, su alma, que había sido aplastada hasta la misma tierra, volvió a saltar a la rectitud con alguna fuerza resiliente. Supongo que debí estar horrorizado con su relato, pero, por extraño que sea decirlo, no lo estaba. Verdaderamente no es agradable convertirse en el depositario de la confidencia de un asesino, pero ese pobre hombre había tenido, no sólo mucha provocación, sino también mucho propósito de negación de sí mismo en su acto sangriento, tanto, que no me sentí llamado a hacer juicio alguno sobre él. Mi propósito era consolar, de manera que hablé con toda la calma que pude, pues mi corazón latía rápida y pesadamente.

—Usted no debe desesperarse, Jacob Settle. Dios es bueno y su misericordia es muy grande. Siga viviendo y trabajando con la esperanza de que algún día sienta usted que ha expiado su pasado.

En ese momento me detuve, porque vi que el sueño, el sueño natural esta vez, se deslizaba sobre él.

—Vaya a dormir —le dije—, yo lo custodiaré aquí y esta noche no tendremos más pesadillas.

Hizo un esfuerzo por mantener la compostura y respondió:

—No sé cómo darle las gracias por su bondad conmigo esta noche, pero creo que será mejor que me deje ahora. Me libraré de esto durmiendo. Noto que me he quitado un peso de encima desde que se lo he dicho todo. Si me queda algo de hombre, debo llevar a cabo esa lucha yo solo.

—Esta noche me iré, como usted desea —dije—, pero siga mi consejo y no viva de una manera tan solitaria. Vaya con los hombres y las mujeres, viva entre ellos, comparta sus alegrías y sus penas, eso lo ayudará a olvidar. Esta soledad hará de usted un loco melancólico.

—¡Lo haré! —respondió medio inconsciente, pues el sueño lo estaba venciendo.

Me di la vuelta para irme y él me siguió con la mirada. Cuando ya había tocado el pomo de la puerta, lo solté, volví al lado de la cama y le tendí la mano. Él la agarró con las suyas mientras se incorporaba hasta quedar sentado, y yo le di las buenas noches intentando animarlo.

—¡Tenga coraje, hombre, tenga coraje! En el mundo hay trabajo para que lo haga usted, Jacob Settle. ¡Todavía puede ponerse esas vestiduras blancas y pasar por los portones de acero!

Y entonces lo dejé.

Una semana después encontré su casita vacía, y al preguntar en la fábrica me dijeron que «se había ido al norte», nadie sabía exactamente a dónde.

Dos años después yo estaba por unos días con mi amigo el doctor Munro, en Glasgow. Era un hombre ocupado y no tenía mucho tiempo para ir conmigo por ahí, así que yo me pasaba los días en excursiones por el parque natural de los Trossachs y Loch Katrine, y rio abajo por el Clyde. En la penúltima tarde de mi estancia regresé algo más tarde que lo que había calculado, pero vi que mi anfitrión también se retrasaba. La doncella me dijo que lo habían enviado al hospital —un caso de accidente en la fábrica de gas—, y que la cena se posponía una hora, de modo que le dije que me daría un paseo para encontrar a su patrón y que caminaría de vuelta con él, y salí. En el hospital lo encontré lavándose las manos, preparándose para salir a casa. De modo informal le pregunté de qué se trataba el caso.

—¡Oh, lo habitual! Una cuerda podrida y las vidas de hombres de poco valor. Dos hombres estaban trabajando en un gasómetro cuando se rompió la cuerda que sujetaba el andamio en el que estaban. Debe haber ocurrido justo antes de la hora de la cena, porque nadie se dio cuenta de su ausencia hasta que los hombres regresaron. Había más de dos metros de agua en el gasómetro, de modo que tuvieron una dura lucha por ello, pobres hombres. Sin embargo, uno de ellos estaba vivo, apenas vivo, pero hemos tenido un trabajo muy duro para sacarlo de allí. Al parecer, le debe la vida a su compañero, porque no he oído hablar nunca de un heroísmo mayor que ese. Estuvieron flotando juntos mientras les duraron las fuerzas, pero al final estaban tan agotados que ni siquiera las luces de arriba y los hombres atados con cuerdas que bajaban para ayudarlos pudieron mantenerlos a flote. Pero uno de ellos se puso en el fondo y sostuvo a su compañero sobre su cabeza, y aquellas pocas respiraciones establecieron la diferencia entre la vida y la muerte. Eran una visión impactante cuando los sacaron, porque el agua es como tinte violeta con el gas y el alquitrán. El hombre que estaba encima tenía el aspecto de haber sido bañado en sangre, ¡uf!

—¿Y el otro?

—Oh, ese estaba todavía peor; pero debió haber sido un hombre muy noble. Esa lucha bajo el agua debió ser terrible, puede verse por la manera que la sangre se había extraído de las extremidades. Mirarlo da una idea de los estigmas posibles. Uno creería que una resolución así podría hacer cualquier cosa en este mundo. ¡Sí!, podría desatrancar los portones del Paraíso. Mira esto, viejo, no es una visión muy agradable, sobre todo antes de cenar, pero eres escritor y este es un caso extraño. Aquí hay algo que no te gustaría perderte, porque en todas las probabilidades humanas no volverás a ver algo así.

Mientras hablaba me llevó al depósito de cadáveres del hospital.

Sobre las andas había un cuerpo cubierto con una sábana blanca, que lo envolvía apretadamente por todas partes.

—Parece una crisálida, ¿verdad? Te digo, Jack, que si hay algo en el viejo mito de que el alma está tipificada por una mariposa, bueno, entonces la que envió esta crisálida era un espécimen muy noble que tomó toda la luz del sol en sus alas. ¡Mira esto!

Descubrió la cara del cadáver. Era horrible de verdad, y su aspecto era como si estuviese manchada de sangre, pero lo reconocí inmediatamente: ¡era Jacob Settle! Mi amigo apartó la sábana un poco más abajo.

Las manos estaban cruzadas sobre el pecho violeta como si hubieran sido colocadas reverencialmente por alguna persona de buen corazón. Cuando las vi, mi corazón palpitó con gran júbilo, pues el recuerdo de su desgarrador sueño se precipitó en mi mente. Ahora no había manchas en aquellas manos pobres y valientes, pues estaban tan blancas como la nieve.

Y de alguna manera, cuando las miré sentí que la pesadilla había terminado. Aquella alma noble había conseguido al fin un camino a través de las puertas. La vestimenta blanca ahora ya no tenía mancha alguna de las manos que se la pusieron.

ARENAS DE CROOKEN

El señor Arthur Fernlee Markam, que alquiló la que se conocía como la Casa Roja, por encima de los Mains de Crooken, era un comerciante de Londres, y al ser esencialmente un londinense de la parte Este pensó que era necesario para cuando iba a Escocia en las vacaciones de verano proporcionarse un atuendo completo de cacique de las Tierras Altas, tal como se manifiesta en las cromolitografías y en los escenarios de los teatros de variedades. Una vez vio en el *Empire* al Gran Príncipe —«el rey de Bounder»— poner de pie al público al aparecer como «el MacSlogan de esa Clase» y cantar la famosa canción escocesa *There's naething like haggis to mak a mon dry!*[42], y desde entonces había conservado en su mente una imagen fiel del aspecto pintoresco y guerrero que él presenció. De hecho, si fuese conocido el significado intrínseco verdadero de la mente del señor Markam sobre el asunto de que eligiese a Aberdeenshire como centro turístico veraniego, se encontraría que en el primer plano de la localidad de vacaciones que su imaginación pintaba acechaba la figura multicolor del MacSlogan de esa Clase. Sin embargo, fuera como fuese, una suerte muy amable —sin duda en lo que concernía a la belleza exterior— lo llevó a elegir Crooken Bay. Es un lugar encantador entre Aberdeen y Peterhead, justo por debajo del promontorio rocoso desde donde los largos y peligrosos arrecifes, conocidos como «las espuelas», terminan en el mar del Norte. Entre eso y los «Mains de Crooken» —un pueblo protegido por los acantilados del norte— se extiende la profunda bahía, respaldada por una multitud de dunas donde se encuentran conejos a millares. De este modo, a cada lado de la bahía hay un promontorio rocoso, y cuando el amanecer o la puesta de sol cae sobre las rocas de sienita el efecto es muy bonito. El lecho de la bahía es de arena nivelada y la marea llega muy lejos, dejando

---

[42] No hay nada como la morcilla escocesa para dejar seco a un hombre. El autor imita el acento escocés.

un suave desierto de arena dura sobre el que están esparcidas aquí y allá estacas para las redes y las bolsas de los pescadores de salmón. A un extremo de la bahía hay un pequeño grupo de rocas que se alzan un poco por encima de la marea alta, excepto cuando con tiempo revuelto las olas pasan verdes sobre ellos. En la marea baja quedan expuestos al nivel de la arena, y esa es quizá la única pizca de arena peligrosa de esa parte de la costa oriental. Entre las rocas, que están separadas unos quince metros, hay unas pequeñas arenas movedizas que, como las Goodwin[43], sólo son peligrosas con la marea entrante. Se extienden hacia afuera hasta perderse en el mar, y hacia adentro hasta que se difuminan en las arenas duras de la playa de arriba. En la falda de la colina que se eleva más allá de las dunas, a medio camino entre Las Espuelas y el puerto de Crooken, está la Casa Roja. Se eleva desde la mitad de un grupo de abetos que la protegen por tres lados, dejando abierto el frente hacia el mar. Un jardín a la antigua, bien cuidado, se extiende hasta la carretera, y cruzándola un sendero de hierba, que puede utilizarse para vehículos ligeros, trenza un camino a la orilla, serpenteando entre las colinas de arena.

Cuando la familia Markam llegó a la Casa Roja después de sus treinta y seis horas de cabecear desde Blackwall en el barco de vapor de Aberdeen Ban Right, con el posterior tren a Yellon y un viaje de veinte kilómetros, todos ellos estuvieron de acuerdo en que no habían visto nunca un lugar más delicioso. La satisfacción general era más marcada porque en aquel momento nadie de la familia estaba inclinado, por varias razones, a encontrar favorable nada y ningún lugar más allá de la frontera escocesa. Aunque la familia era grande, la prosperidad de los negocios les permitía toda clase de lujos personales, entre los que había una amplia libertad en cuanto a las vestimentas. La frecuencia de vestidos nuevos de las muchachas Markam era una fuente de envidias para sus amigas del alma y de alegría para ellas.

Arthur Fernlee Markam no había llevado a su familia a su confianza respecto a su traje nuevo. No estaba muy seguro de que fuese a estar libre del ridículo, o del sarcasmo al menos, y como era muy sensible al tema, pensó que sería mejor estar de veras en un entorno apropiado antes de que permitiera que el esplendor completo estallase

---

[43]   Se refiere a una franja de unos quince kilómetros de bajíos y bancos de arena en la costa Este, muy peligrosos para la navegación.

sobre ellos. Se había esforzado para asegurar que el traje de las Tierras Altas estuviese completo. Para ese propósito había hecho muchas visitas al «Mercado de ropa y tela escocesa de pura lana», que se había establecido recientemente en Copthall Court por los señores MacCallum More y Roderick MacDhu. Había mantenido nerviosas consultas con el jefe de la compañía —MacCallum, como se llamaba a sí mismo, pues lo molestaban los añadidos como «señor» y «don». El conocido inventario de hebillas, botones, cinturones, broches y adornos de todas clases se examinó en detalles cruciales, y al final se descubrió una pluma de águila de proporciones lo suficientemente magníficas, y el equipo estaba completo. Sólo cuando vio el traje terminado, con las alegres tonalidades de la tela escocesa, modificada a una sobriedad relativa por la multitud de accesorios de plata, los broches de cuarzo ahumado, la daga enjoyada de lo mismo, el *philibeg*[44] y el *sporran*[45] estuvo completa y absolutamente satisfecho de su elección. Al principio había pensado en el vestido de tela escocesa Royal Stuart, pero lo abandonó al señalar MacCullum que si él estuviera por casualidad en el vecindario de Balmoral[46], eso podría llevarlo a complicaciones. MacCallum, quien, dicho sea de paso, hablaba con un notable acento *cockney* de Londres, sugirió otras telas a cuadros en su lugar, pero ahora que se había suscitado el otro asunto de la precisión, el señor Markam previó problemas si por casualidad se encontrase en la localidad del clan cuyos colores había usurpado. Al fin, MacCallum se comprometió, a costa de Markam, a tener un tejido de un patrón especial que no sería exactamente igual que cualquier otra tela escocesa que existiera, aunque compartiría las características de muchas de ellas. Se basaba en el Royal Stuart, pero en cuanto a la simplicidad del patrón incluía indicios de los clanes de Macalister y de Ogilvie, y en cuanto a neutralidad de color, de los clanes de Buchanan, Macbeth, Chief de Macintosh y Macleod. Cuando le enseñaron la muestra a Markam, había temido en cierto modo que les chocara al círculo doméstico como de mal gusto, pero como Roderick MacDhu cayó en un éxtasis perfecto sobre su belleza, no hizo ninguna objeción al acabado de la pieza. Él creyó, sabiamente, que si a un escocés auténtico como MacDhu le

[44]   Falda escocesa para hombres, o *kilt*.
[45]   Bolso hecho de piel que se lleva delante del *kilt*.
[46]   El Royal Stuart es la tela escocesa que utiliza la realeza inglesa, propietaria de Balmoral.

gustaba, debía ser correcto, en especial porque el socio más joven era un hombre muy cuidadoso con su complexión y su apariencia. Cuando MacCallum estaba recibiendo su cheque —que, por cierto, era bastante elevado—, comentó:

—Me he tomado la libertad de tener algo más de ese tejido en caso de que usted o alguno de sus amigos lo quisieran.

Markam quedó satisfecho y le dijo que estaría muy contento si aquello tan bonito que habían creado entre ellos se convirtiera en un artículo favorito, como no tenía duda de que sería con el tiempo. Ellos podían hacer y vender tanto como quisieran.

Una tarde, después de que se hubieran marchado a casa todos los dependientes, Markam se probó el traje es su oficina. Estaba complacido, aunque un poco asustado, con el resultado. MacCallum había hecho su trabajo concienzudamente, y no se había omitido nada que pudiese añadirse a la marcial dignidad de quien lo llevase puesto.

«Por supuesto, no llevaré conmigo el *claymore*[47] y las pistolas en las ocasiones corrientes», se dijo Markam cuando empezó a desvestirse. Decidió que llevaría el traje por primera vez al llegar a Escocia, y por lo tanto, en la mañana en la que el Ban Right estuviese fuera del faro de Girdle Ness esperando a la marea para entrar en el puerto de Aberdeen, él saldría de su cabina con todo el llamativo esplendor de su traje nuevo. El primer comentario que oyó fue de uno de sus propios hijos, que al principio no lo reconoció.

«¡Vaya tipo! ¡Un gran escocés! ¡Es el gobernador!», y el muchacho huyó inmediatamente para intentar de enterrar su risa bajo un cojín en el salón. Markam era buen marinero y no había sufrido por el cabeceo del barco, de modo que su cara, de natural rubicundo, estaba todavía más rosada por el consciente rubor que le cubría las mejillas cuando se encontraba como el centro de atención de todas las miradas.

Podía haber deseado no ser tan atrevido, porque supo por el frío que había una gran zona pelada bajo uno de los lados de su gorra Glengarry que llevaba con confianza; pero se enfrentó audazmente con el grupo de desconocidos. Aparentemente no se molestaba cuando llegaba a sus oídos alguno de sus comentarios.

«Está fuera de sí el condenado bobalicón», dijo un londinense vestido con un traje a cuadros exagerados.

---

[47] Espada ancha de doble filo de los antiguos escoceses.

«Lleva moscas encima», dijo un yanqui alto y delgado, pálido por el mareo, que estaba de camino a instalarse un tiempo tan cerca como pudiera de las puertas de Balmoral.

«¡Bien pensado! Llenemos nuestras cajas de rapé, ¡esta es la oportunidad!», dijo un joven estudiante de Oxford que se encaminaba a casa en Inverness.

Pero al poco rato oyó la voz de su hija mayor.

«¿Dónde está? ¿Dónde está?», y llegó corriendo vertiginosamente por la cubierta con el sombrero colgando tras ella. Su cara mostraba signos de agitación, pues su madre acababa de contarle la situación de su padre, pero cuando lo vio estalló inmediatamente en una risa tan violenta que terminó en un ataque de histeria. Algo de ese mismo tipo le sucedió a cada uno de los demás hijos. Cuando todos ellos tuvieron su turno, el señor Markam fue a su cabina y envió a la doncella de su mujer para que le dijera a cada miembro de la familia que quería verlos a todos inmediatamente. Todos se presentaron, reprimiendo sus sentimientos lo mejor que pudieron. Les dijo muy tranquilamente:

—Queridos míos, ¿no os proveo a todos vosotros con amplias prestaciones?

—Sí, padre —respondieron todos con mucha seriedad—, ¡nadie podía ser más generoso!

—¿No dejo que os vistáis como queráis?

—Sí, padre —esto un tanto tímidamente.

—Entonces, queridos míos, ¿no creéis que sería mejor y más amable por vuestra parte no hacerme sentir incómodo, incluso si me pongo un traje que a vuestros ojos es ridículo, aunque es bastante común en el país en el que estamos a punto de pasar una temporada?

No hubo respuesta, excepto la que se mostraba por sus cabezas gachas. Él era un buen padre y todos ellos lo sabían. Se quedó bastante satisfecho y continuó:

—Venga, ¡ahora id por ahí y disfrutad! No hablaremos más de ello.

Entonces volvió a la cubierta y aguantó con valentía el fuego del ridículo que reconoció a su alrededor, aunque no se dijo nada más que él pudiese oír.

Sin embargo, el asombro y la diversión que su vestimenta ocasionó en el Ban Right no fueron nada al lado de lo que el traje creó en Aberdeen. Los muchachos y los holgazanes, y las mujeres con niños que esperaban en el embarcadero, los siguieron en masa cuando los del grupo de los Markam se dirigieron a la estación de tren; hasta los maleteros que, con sus nudos a la antigua y sus carretones modernos esperan al viajero al pie de la rampa de bajada, los siguieron con sorprendido deleite. Afortunadamente, el tren a Peterhead estaba a punto de salir, de modo que el martirio no se prolongó innecesariamente. En el vagón pasó desapercibido el glorioso traje de las Tierras Altas, y como no había más que unas pocas personas en la estación de Yellon, allí todo fue bien. Sin embargo, cuando el carruaje se acercó a los Mains de Crooken y los pescadores corrieron a sus puertas para ver quién era el que pasaba, la agitación superó todos los límites. Con un solo impulso, los niños agitaban las gorras y corrían gritando detrás del carruaje; los hombres abandonaban sus redes y sus cebos y siguieron detrás; las mujeres abrazaban con fuerza a los niños y también los seguían. Los caballos estaban cansados por su largo viaje de ida y vuelta a Yellon, y la colina era empinada, de manera que hubo mucho tiempo para que se reuniese el gentío y que incluso los adelantase.

A la señora Markam y a las hijas mayores les habría gustado hacer alguna protesta o algo para aliviar sus sentimientos de disgusto por el ridículo que vieron en todas las caras, pero había un aire de decisión tan fijo en la cara del presunto hombre de las Tierras Altas que las sobrecogía un poco, y todas estaban calladas. Podría haber sido que la pluma de águila, que se alzaba sobre la calva cabeza; los broches de cuarzo ahumado hasta en el grueso hombro; y la espada escocesa, la daga y las pistolas, abrochadas alrededor de la amplia panza y sobresaliendo de las medias en las robustas pantorrillas, llenaban su existencia como símbolos de relevancia marcial y aterradora. Cuando el grupo llegó a la puerta de la Casa Roja, allí lo esperaba una multitud de habitantes de Crooken, con el sombrero quitado y respetuosamente callados, el resto de la población se esforzaba penosamente colina arriba. El silencio se rompió por sólo un sonido, el de un hombre de voz profunda.

—¡Hombre! ¡Pero si se ha olvidado de la gaita!

Los sirvientes habían llegado unos días antes y todo estaba preparado. En el brillo que sigue a un buen almuerzo después de un día duro, se olvidaron todas las molestias del viaje y toda la desazón a consecuencia de la adopción del detestable traje.

Esa tarde, Markam, todavía vestido con todo el traje, se dio un paseo por los Mains de Crooken. Estaba completamente solo, pues, por extraño que sea decirlo, su mujer y sus dos hijas tenían unos tremendos dolores de cabeza y le dijeron que se habían echado para descansar después de la fatiga del viaje. Su hijo mayor, que afirmaba que ya era un hombre joven, había salido solo a explorar los alrededores del lugar, y no podían encontrar a uno de los muchachos. El otro, al decírsele que su padre había enviado a buscarlo para dar un paseo, se las arregló —por accidente, por supuesto— para caerse dentro de un barril de lluvia y tenía que secarse y equiparse otra vez. Como su ropa todavía no había sido desempaquetada, evidentemente aquello era imposible de hacer sin retraso.

El señor Markam no estuvo muy contento con su paseo. No pudo conocer a ninguno de sus vecinos. No era que no hubiese mucha gente por ahí, pues cada casa estaba llena, pero cuando la gente estaba al aire libre, se quedaban en sus puertas a alguna distancia por detrás de él, o en la carretera a una larga distancia por delante. Mientras él pasaba veía la parte de arriba de las cabezas y el blanco de los ojos en las ventanas o en los rincones de las puertas. La única entrevista que había tenido fue de todo, menos agradable. Fue con una extraña clase de viejo al que apenas se le oía hablar excepto para unirse a los «amén» en la iglesia. Su única ocupación era esperar en la ventana de la oficina de Correos desde las ocho de la mañana hasta la llegada del correo a la una, cuando llevaba la saca de las cartas a un castillo cercano. El resto del día se lo pasaba en un asiento en una parte del puerto llena de corrientes de aire, donde se arrojaban las vísceras del pescado, los deshechos del cebo y la basura doméstica, y donde los patos estaban acostumbrados a divertirse mucho.

Cuando Saft Tammie lo vio venir, levantó los ojos, que por lo general tenía fijos sobre el vacío que había en la carretera al lado opuesto al de su asiento y, deslumbrado como por una explosión de luz solar, se los frotó y les dio sombra con la mano. Entonces empezó a hablar, alzando la mano muy arriba de manera denunciante cuando lo hizo:

—Vanidad de vanidades, dijo el predicador, y todo es vanidad. ¡Vamos, estáis avisados a tiempo! Mirad los lirios del campo, ellos no trabajan ni tejen, pero ni Salomón en toda su gloria se vistió como uno de ellos. ¡Vamos! ¡Vamos! Tu vanidad es la arena movediza que se traga todo lo que esté a su alcance. ¡Tened cuidado con la vanidad! ¡Ten cuidado con la arena movediza, que se abre para ti y te tragará! ¡Mírate! ¡Conoce tu propia vanidad! Encuéntrate contigo mismo cara a cara, y en ese momento conocerás la fuerza fatal de tu vanidad. ¡Apréndela, conócela, y arrepiéntete antes de que te traguen las arenas movedizas!

Luego, sin decir ni una palabra más, volvió a su asiento y se quedó sentado allí, inmóvil y tan sin expresión como antes.

Markam no pudo menos que sentirse un poco molesto por esa diatriba. Fue sólo porque había sido pronunciada por un presunto loco, o la habría rebatido con alguna exhibición excéntrica de humor escocés o con alguna insolencia, pero la gravedad del mensaje —porque eso era— hacía imposible esa interpretación. Sin embargo, estaba decidido a no ceder al ridículo, y aunque no había visto todavía nada en Escocia que le recordase siquiera a un *kilt,* se decidió a llevar puesto su traje de las Tierras Altas. Cuando volvió a casa en menos de media hora, vio que cada miembro de la familia estaba fuera dando un paseo, a pesar de los dolores de cabeza. Aprovechó la oportunidad que le permitía su ausencia para encerrarse en su vestidor. Se quitó el traje de las Tierras Altas, se puso el traje de franela, encendió un cigarro y se echó una siestecita. Lo despertó el ruido de la familia que volvía e inmediatamente, con el traje puesto, hizo su aparición en el salón para el té.

Aquella tarde no volvió a salir, pero después de la cena se puso otra vez el traje de las Tierras Altas —por supuesto, se había vestido para la cena como de costumbre— y se fue él solo a dar un paseo a la orilla del mar. Para entonces había llegado a la conclusión de que se iría acostumbrando poco a poco a ese traje escocés antes de hacer de él su ropa habitual. La luna brillaba en el cielo y él siguió con facilidad el camino por las colinas de arena y llegó pronto a la orilla. La marea estaba baja y la playa estaba tan firme como una piedra, de manera que se dio un paseo hacia el sur hasta casi el final de la bahía. Allí lo atrajeron dos rocas aisladas, un poco apartadas del borde de las dunas, así que paseó hacia ellas. Cuando llegó a la que estaba más cerca, se subió sobre ella y, sentado allí, elevado unos cinco o seis metros sobre la desolación de arena, disfrutó de la agradable y tranquila vista. La luna estaba subiendo detrás del promontorio de Pennyfold y su luz estaba tocando la cima de la roca más alejada de Las Espuelas, a unos mil doscientos metros; el resto de las rocas estaban en una sombra oscura. Cuando la luna se elevó sobre el promontorio, las rocas de Las Espuelas y luego la playa se inundaron poco a poco de luz.

Durante un buen rato, el señor Markam se quedó sentado y miró la luna ascendiente y la creciente área de luz que seguía a su ascenso. Entonces se dio la vuelta hacia el este, y se quedó sentado con la barbilla sobre el puño mirando al mar, disfrutando de la paz, la belleza y la libertad del escenario. El rugido de Londres —la oscuridad, la lucha y el agotamiento de la vida londinense— se había ido muy lejos y él vivía en ese momento una vida más libre y más elevada. Miró al agua resplandeciente mientras ésta iba arrastrándose sigilosamente sobre la plana extensión de arena, acercándose insensiblemente cada vez más, la marea había cambiado. Al poco oyó unos gritos lejanos a lo largo de la playa, muy en la lejanía.

«Son los pescadores, que se llaman entre sí», se dijo, y miró alrededor. Al hacerlo se llevó un golpe terrible, porque justo cuando una nube pasaba sobre la luna, a pesar de la repentina oscuridad a su alrededor, vio su propia imagen. Por un instante, sobre la cima de la roca de enfrente, vio la calva parte de atrás de la cabeza y el gorro de Glengarry con la inmensa pluma de águila. Al tambalearse hacia atrás se le resbaló el pie y empezó a deslizarse hacia la arena que había entre las dos rocas. No le preocupó la caída, pues la arena estaba a unos pocos metros por debajo de él, y su mente estaba ocupada con la figura, o simulacro, de él mismo, que ya había desaparecido. Como la forma más fácil de llegar a la tierra firme, se preparó para saltar el resto de la distancia. Todo esto no había llevado más que un segundo, pero el cerebro trabaja rápidamente, y cuando se preparaba para el salto vio que la arena que había por debajo de él, que estaba nivelada como un mármol, se agitaba y temblaba de una manera extraña. Un miedo repentino lo asaltó, sus rodillas fallaron y en lugar de saltar se deslizó despreciablemente por la roca, arañándose las piernas desnudas según bajaba. Sus pies tocaron la arena —pasaron a través de ella como si fuese agua— y se metió en ella hasta por debajo de las rodillas antes de darse cuenta de que estaba en arenas movedizas. Se agarró salvajemente a la roca para evitar hundirse más, y afortunadamente había un espolón o borde que sobresalía donde pudo agarrarse instintivamente. A eso se había aferrado con absoluta desesperación. Intentó gritar, pero no le venía el aliento, hasta que después de un esfuerzo muy grande sonó su voz. Volvió a gritar, y era como si el sonido de su propia voz le diese nuevo valor, pues pudo agarrarse a la roca por más tiempo que el que creyó que sería posible, aunque se aguantaba sólo de ciega desesperación. Sin embargo, empezaba a notar que su agarre se debilitaba, cuando, ¡alegría suprema!, su grito fue respondido por una voz ronca justo por encima de él.

—¡Gracias a Dios, no llego demasiado tarde!

Y un pescador con grandes botas hasta el muslo subió precipitadamente a la roca. En un momento reconoció la gravedad del peligro, y con un alentador «¡Aguante firme, vamos! ¡Ya llego!», gateó por la roca hasta que encontró un punto de apoyo firme. Entonces, agarrándose a la roca por encima con una mano fuerte, se agachó, agarró la mano de Markam por la muñeca y le dijo: «¡Agárrese a mí, vamos! ¡Agárrese a mí con la otra mano!».

Entonces aplicó toda su gran fuerza, y con un tirón continuo y recio lo arrastró fuera de las hambrientas arenas movedizas y lo colocó a salvo sobre la roca. Apenas dándole tiempo para respirar, él tiró de Markam y lo empujó —sin soltarlo ni un instante— sobre la roca a la arena firme de más allá, y por fin lo depositó más arriba en la playa, temblando todavía por la magnitud del peligro que había pasado. Entonces empezó a hablar:

—¡Vamos!, pero llegué justo a tiempo. Si yo os hubiera escuchado a vosotros, muchachos insensatos, y no hubiese empezado a correr desde el primero, ¡usted estaría hundiéndote en las tripas de la tierra! Wully Beagrie creyó que era usted un fantasma, y Tom MacPhail juró que era sólo como un duende con un palo de golf. «Nah —dije yo— ese no es más que el inglés, el chiflado que se escapó del museo de cera». Yo estaba pensando que eso era un poco extraño y tonto —si es que no lo pensaba por entero— porque usted no conoce cómo van las arenas movedizas. Grité para avisarle, y luego corrí para arrastrarlo fuera de allí, si fuera necesario. Pero, sea un insensato, o sólo medio bobo de vanidad, ¡demos gracias a Dios de que no llegué tarde!

Y se levantó el sombrero con reverencia al hablar.

El señor Markam estaba profundamente emocionado y agradecido por su escapatoria de una muerte horrible, pero el aguijón de la carga de vanidad, que de esa manera estaba otra vez en su contra, llegó a través de su humildad. Estuvo a punto de contestar airadamente, cuando repentinamente cayó sobre él un asombro muy grande cuando recordó las palabras de aviso del cartero medio loco: «¡Encuéntrate contigo mismo cara a cara, y arrepiéntete antes de que las arenas movedizas te traguen!».

En ese momento Markam se acordó de la imagen de sí mismo que había visto y del peligro súbito por las mortales arenas movedizas que la siguieron. Estuvo en silencio un rato, y luego dijo:

—¡Le debo la vida, mi buen compañero!

La respuesta del robusto pescador llegó con reverencia:

—¡Nah! ¡Nah! Eso se lo debe usted a Dios, pero en cuanto a mí, estoy muy contento de ser el humilde instrumento de Su misericordia.

—Pero me permitirá que se lo agradezca —dijo el señor Markam, agarrando las dos grandes manos de su liberador entre las suyas y apretándoselas con fuerza—. Mi corazón está todavía demasiado agotado y tengo los nervios demasiado alterados para que me dejen decir mucho, pero, créame, ¡le estoy muy agradecido!

Resultaba bastante evidente que el pobre viejo estaba profundamente conmovido, porque le rodaban lágrimas por las mejillas.

El pescador dijo, con una cortesía áspera, pero auténtica:

—¡Sí, señor! Agradézcamelo si quiere, si le sienta bien a su pobre corazón. Y creo que si hubiera sido yo, también estaría agradecido. Pero, señor, en cuanto a mí no necesito las gracias. Estoy contento, ¡así estoy!

Que Arthur Fernlee Markam estaba verdaderamente agradecido se mostró de una manera práctica más adelante. Esa misma semana navegó al Port Crooken el mejor barco pesquero que se había visto jamás en el puerto de Peterhead. Estaba completamente dotado con velas y equipo de todas clases, y con redes de lo mejor. Su patrón y sus hombres se fueron por el vagón, después de haber dejado con la mujer del pescador de salmón los papeles que ella le transfirió.

Cuando el señor Markam y el pescador de salmón iban juntos a lo largo de la orilla, éste último le pidió a su compañero que no mencionase el hecho de que había estado en un peligro tan inminente, porque eso sólo les angustiaría a su querida mujer y a sus hijos. Dijo que iba a avisarles a todos sobre las arenas movedizas, y para ese propósito, en ese momento y lugar, le hizo preguntas sobre ello. Antes de separarse, le preguntó a su compañero si por casualidad había visto una segunda figura vestida como él sobre la otra roca cuando se acercó para socorrerlo.

—¡Nah! ¡Nah! —llegó la respuesta—. No hay ningún otro insensato por estos lugares. Ni lo ha habido desde la época de Jamie Fleeman, aquel que fue un insensato con el terrateniente de Undy. Porque, ¡vamos!, ese traje pagano que lleva usted puesto no se ha visto por estas partes hasta donde llega la memoria del hombre. Y estoy pensando que ese traje no fue nunca para sentarse sobre la roca fría, como usted hizo antes. ¡Vamos! Pero usted no le teme al reúma o a la lumbalgia si se sienta en ese traje sobre las piedras frías con la carne al aire. Yo estaba pensando que era estúpido que fuera usted vestido así cuando lo vi pasar esta mañana por el puerto, ¡pero es un insensato o un idiota quien intenta parecerse a ellos!

El señor Markam no quiso discutir sobre ese punto, y como en ese momento estaban cerca de su propia casa, le pidió al pescador de salmón que aceptase un vaso de wiski —lo cual hizo— y se separaron para la noche. Tuvo mucho cuidado de avisar a toda su familia sobre las arenas movedizas, diciéndoles que él mismo había estado en cierto peligro por ellas.

Aquella noche no durmió nada. Oyó dar las horas una tras otra, pero por mucho que lo intentara, no consiguió dormir. Pasaba una vez y otra por el horrible episodio de las arenas movedizas, desde el momento en que ese Saft Tammie rompió su silencio habitual para predicarle sobre el pecado de la vanidad y avisarlo. La pregunta siguió alzándose en su mente: «¿Soy yo tan vanidoso entonces como para estar en el rango de los insensatos?», y la respuesta venía siempre con las palabras del profeta loco: «Vanidad de vanidades, ¡y todo es vanidad! Encuéntrate contigo mismo cara a cara, y arrepiéntete antes de que las arenas movedizas te traguen». De alguna manera, una sensación de destrucción empezó a tomar forma en su mente: que él perecería en esas mismas arenas movedizas, porque allí ya se había encontrado consigo mismo cara a cara.

En el gris de la mañana se adormeció, pero era evidente que seguía con el tema en sus sueños, pues lo despertó del todo su mujer, quien dijo:

—¡Duerme tranquilo! Ese bendito traje de las Tierras Altas se te ha metido en la cabeza. ¡No hables dormido, si puedes evitarlo!

Él era consciente de algún modo de una sensación de contento, como si algún peso terrible se le hubiera quitado de encima, pero no conocía causa alguna para ello. Le preguntó a su mujer qué había dicho cuando estaba dormido, y ella respondió:

—Tú has dicho varias veces, Dios sabrá por qué, las suficientes como para que una se acuerde: «¡No ha sido cara a cara! ¡Yo vi la pluma del águila sobre la cabeza calva! ¡Todavía hay esperanza! ¡No ha sido cara a cara!». ¡Ponte a dormir! ¡Hazlo!

Y entonces él se puso a dormir, porque se dio cuenta de que la profecía de aquel loco todavía no se había cumplido. Hasta ahora, en cualquier caso, él no se había encontrado consigo mismo cara a cara.

Lo despertó temprano la doncella, que había ido a decirle que en la puerta había un pescador que quería verlo. Se vistió tan rápidamente como pudo —porque todavía no era un experto con el traje de las Tierras Altas—, y bajó precipitadamente, pues no quería tener esperando al pescador de salmón. Se sorprendió y no le gustó mucho al ver que su visitante no era otro que Saft Tammie, que inmediatamente abrió fuego sobre él:

—Yo ya me iba a la oficina de Correos, pero creí que podría pasarme ahora con usted y me he acercado sólo para ver si era usted todavía ese insensato lleno de vanidad, como en la noche pasada. Y veo que no ha aprendido la lección. ¡Bueno! El momento se está acercando, ¡con toda seguridad! Sin embargo, yo tengo todo el tiempo en manos de mi propia alma, de modo que echaré un vistazo por ahí sólo hasta ver que no lo han tragado las arenas movedizas y luego, ¡al diablo! Tengo que seguir mi trabajo hasta mediodía.

Y se marchó enseguida, dejando al señor Markam considerablemente enojado, porque las doncellas que estaban al alcance de la voz estaban intentando en vano ocultar sus risitas. Él se había decidido con justicia a llevar ese día ropas corrientes, pero la visita de Saft Tammie invalidó la decisión. Les mostraría a todos que él no era un cobarde, y seguiría adelante como había empezado, pasara lo que pasase. Cuando acudió al desayuno vestido con toda la panoplia marcial, los niños, todos a una, mantuvieron bajas las cabezas y la parte de atrás del cuello se les puso roja de verdad. Sin embargo, como ninguno de ellos se rio —excepto Titus, el hijo menor, que fue agarrado por un ataque de asfixia y al que enseguida echaron de la sala—, él no pudo reprobarlos, sino que empezó a cascar su huevo con un aire rigurosamente decidido. Fue muy desafortunado que cuando su mujer le estaba pasando una taza de té, uno de los botones de su manga se quedó prendido en el encaje de la bata mañanera de ella, con el resultado de que el té caliente se derramase sobre sus rodillas desnudas. No extrañamente, él soltó una palabrota, con lo que su mujer, un tanto irritada, exclamó:

—Bueno, Arthur, si haces tanto el idiota con ese ridículo traje, ¿qué otra cosa puedes esperar? No estás acostumbrado a él... ¡y no lo estarás nunca!

Como respuesta, él empezó un discurso indignado con un «¡Señora!», pero no llegó más lejos, porque ahora que se había sacado a colación el asunto, la señora Markam tenía intención de decir lo que pensaba. Lo que dijo no fue agradable y, a decir verdad, no se dijo de una manera agradable. Los modales de una esposa raramente son agradables cuando comienza a decir lo que ella considera «verdades» a su marido. El resultado fue que Arthur Fernlee Markam prometió, en ese momento y lugar, que durante su estancia en Escocia no llevaría otro traje más que el que ella maltrataba. Muy mujerilmente, su mujer tuvo la última palabra, dada con lágrimas en este caso:

—¡Muy bien, Arthur! Por supuesto que harás lo que decidas. Hazme quedar en ridículo tanto como puedas y estropea las oportunidades en la vida de las pobres muchachas. Como regla general, ¡a los jóvenes no les gustan los suegros idiotas! Pero te advierto que algún día tu vanidad va a recibir un golpe duro, ¡si es que antes de eso no estás en un manicomio, o muerto!

Después de unos días, era evidente que el señor Markam tendría que hacer la mayor parte de sus actividades al exterior por sí solo. Las muchachas se daban un paseo con él de cuando en cuando, principalmente por la mañana temprano o tarde por la noche, o en días húmedos cuando no había nadie por ahí; aseguraban que estaban dispuestas a ir en todo momento, pero de alguna manera siempre ocurría algo que lo evitaba. A los muchachos no se les podía encontrar en tales ocasiones, y en cuanto a la señora Markam, se negaba rigurosamente a salir con él de ninguna manera mientras siguiera haciendo ese tipo de insensateces. Los domingos se vestía con sus paños finos habituales, pues sentía con razón que la iglesia no era un lugar para los sentimientos airados, pero el lunes por la mañana reanudaba su apariencia de las Tierras Altas. Para entonces habría dado mucho si no hubiese pensado en el traje, pero su obstinación británica era muy fuerte y no se daba por vencido. Saft Tammie visitaba su casa cada mañana, y al no poder verlo ni tener ningún mensaje para él, solía visitarlo otra vez por la tarde, cuando había entregado su bolsa de cartas y lo vigilaba cuando salía. En esas ocasiones no dejaba nunca de advertirle acerca de su vanidad con las mismas palabras que había utilizado el primer día. Antes de que hubieran pasado muchos días, el señor Markam había llegado a considerarlo como una pequeña especie de flagelo.

Cuando terminó la semana, la parcial soledad impuesta, el disgusto constante y la interminable melancolía que se generaba de esa manera, empezaron a poner bastante enfermo al señor Markam. Era demasiado orgulloso para tener confianza con nadie de su familia, puesto que en su opinión lo trataban muy mal. Entonces no dormía bien por la noche, y cuando conseguía dormir tenía pesadillas constantemente. Simplemente para asegurarse de que no le faltaba su coraje, puso en práctica visitar las arenas movedizas al menos una vez al día, y apenas dejaba nunca de acudir allá como lo último que hacía por la noche. Quizá fuera ese hábito lo que grabó las arenas movedizas con su terrible experiencia tan perpetuamente en sus sueños, que se le fueron haciendo cada vez más vívidos, hasta el punto de que al despertar había veces en las que apenas podía darse cuenta de que no había estado visitando realmente en persona aquel lugar funesto. A veces creía que debía haber estado andando dormido.

Una noche, su sueño fue tan vívido que cuando despertó no pudo creer que sólo había sido un sueño. Cerró los ojos una y otra vez, pero en cada una de ellas la visión, si es que era una visión, o la realidad, si es que era una realidad, se alzaba ante él. La luna llena brillaba amarilla sobre las arenas movedizas cuando se acercaba a ellas, veía la extensión de luz alterada y perturbada, llena de negras sombras mientras la arena líquida se estremecía, temblaba, se rizaba y se arremolinaba como era su costumbre entre sus pausas de calma de mármol. Cuando estaba cerca de ellas, otra figura iba hacia ellas desde el lado opuesto con pasos iguales a los suyos. Vio que eso era su propia figura, su propio yo y avanzó con un terror mudo y obligado por una fuerza que no conocía. Estaba hechizado igual que un pájaro lo está por una serpiente, mesmerizado o hipnotizado por encontrarse con su otro yo. Cuando sintió que la arena maleable se cerraba sobre él, se despertó con una agonía mortal y temblando de miedo y, por raro que sea decirlo, con la profecía de aquel hombre bobo sonándole en los oídos: «¡Vanidad de vanidades! ¡Todo es vanidad! Encuéntrate contigo mismo y arrepiéntete antes de que te traguen las arenas movedizas!».

Tan convencido estaba de que no era un sueño, que se levantó, aunque era muy temprano, se vistió sin molestar a su mujer y se encaminó a la orilla. Se le hundió el corazón cuando se cruzó sobre las arenas con una serie de pisadas, que reconoció inmediatamente como las suyas propias. Ahí estaban el mismo tacón ancho y la misma puntera cuadrada, ahora no tenía duda alguna de que había estado allí realmente y, a medias horrorizado y a medias en un estado de estupor como soñado, siguió las pisadas y vio que se perdían en el borde de las maleables arenas movedizas. Eso le provocó un impacto terrible, porque no había pisadas de regreso marcadas sobre la arena, y sintió que allí había algún misterio pavoroso que no podía penetrar, y temía que si lo penetraba podría deshacerlo.

En esa situación, tomó dos decisiones equivocadas. Primeramente, se guardó para sí su perturbación, y como nadie de su familia tenía ninguna pista de ello, cada palabra o expresión inocente que utilizaban avivaba el fuego incontenible de su imaginación. En segundo lugar, empezó a leer libros que afirmaban que tenían que ver con los misterios del sueño y en general con los fenómenos mentales, con el resultado de que cada loca imaginación de cada rarito o filósofo medio loco se convirtió en un germen vivo de inquietud en la tierra fértil de su desorientado cerebro. De ese modo, tanto negativa como positivamente, todas las cosas empezaron a trabajar para un fin común. Saft Tammie no era la menor de sus causas de perturbación, pues ahora se había convertido a ciertas horas del día en un elemento fijo en su puerta. Tras un tiempo, al estar interesado en el estado anterior de ese personaje, hizo unas indagaciones respecto a su pasado con los siguientes resultados:

Se creía popularmente que Saft Tammie era el hijo de un terrateniente de uno de los condados de alrededor del estuario de Forth. Había sido educado parcialmente por el clero, pero, por algún motivo que nadie supo jamás, de repente tiró por la borda sus posibilidades, fue a Peterhead en la época en la que prosperaba con el negocio de las ballenas, y allí entró al servicio de un ballenero. Allí se quedó intermitentemente durante algunos años, haciéndose gradualmente cada vez más silencioso en sus costumbres, hasta que por último sus compañeros de tripulación protestaron contra un compañero tan taciturno, y él encontró trabajo entre los barcos pesqueros de la flota del norte. Había trabajado muchos años en la pesca, siempre con la reputación de ser «un poquito tonto», hasta que con el tiempo se fue instalando poco a poco en Crooken, donde el terrateniente, que sin duda sabía algo de la historia de su familia, le dio un trabajo que en la práctica lo hizo un jubilado. El eclesiástico que le dio la información terminó de esta manera:

—Es una cosa muy extraña, pero parece que el hombre tenga alguna extraña clase de don. Tanto si es esa «segunda vista», en la que nosotros los escoceses estamos tan inclinados a creer, como si es alguna otra forma oculta de conocimiento, no lo sé, pero nada que tenga una tendencia desastrosa ocurre nunca en este lugar sin que los hombres con quienes vive puedan citar después del suceso algún dicho de los suyos que ciertamente parece que lo haya previsto. Se pone intranquilo o agitado —de hecho se despierta— cuando la muerte está en el aire.

Eso no tendió en modo alguno a disminuir la preocupación del señor Markam, sino que al contrario imprimió más profundamente la profecía en su mente. De todos los libros que había leído sobre ese nuevo tema de estudio suyo, ninguno lo interesó tanto como uno alemán, «Die Dopplehänger»[48], del doctor Heinrich von Aschenberg, anteriormente de Bonn. Allí conoció por primera vez casos en los que hombres habían llevado una doble existencia —con cada naturaleza muy aparte de la otra—, el cuerpo era siempre una realidad con un espíritu y un simulacro con la otra. No hace falta decir que el señor Markam se dio cuenta de que esta teoría se adaptaba exactamente a su propio caso. La ojeada que había tenido de su propia espalda la noche

---

[48]   El otro yo, o el doble. Ver el propio es presagio de males o de muerte.

de su escape de las arenas movedizas; sus propias pisadas que desaparecían en las arenas sin que hubiese pisadas visibles de regreso; la profecía de Saft Tammie sobre reunirse consigo mismo y perecer en las arenas movedizas... todo eso contribuía a la convicción de que en su propia persona era un caso de *doppleganger.* Al ser consciente entonces de una doble vida, dio los pasos necesarios para demostrar su existencia para su propia satisfacción. Con ese fin una noche, antes de irse a la cama, escribió su propio nombre con tiza en las suelas de sus zapatos. Esa noche soñó con las arenas movedizas y con su visita a ellas. Lo soñó tan vívidamente, que al despertar en el gris del amanecer no podía creer que no había estado allí. Se levantó sin molestar a su esposa y buscó los zapatos.

¡Las firmas con tiza estaban inalteradas! Se vistió y salió sigilosamente. Esta vez la marea estaba alta, de manera que cruzó las dunas y llegó a la orilla por el lado más alejado de las arenas movedizas. Y allí, ¡horror de los horrores!, vio sus propias pisadas que morían en el abismo.

Fue a casa como un hombre desesperado y triste. Le parecía increíble que él, un hombre mayor dedicado al comercio, que había tenido una larga vida sin sobresaltos en la búsqueda de negocios en medio del práctico y rugiente Londres, tuviera que verse enredado en el misterio y el horror y que tuviese que descubrir que tenía dos existencias. No podía hablar de su problema ni siquiera con su propia esposa, porque bien sabía él que ella solicitaría inmediatamente todos los detalles de esa otra vida, la que ella no conocía, y que ella empezaría, no sólo a imaginar, sino a acusarle de toda clase de infidelidades a la cabeza de todo ello. Y así, su melancolía se hizo cada vez más profunda. Una tarde —la marea bajaba y la luna estaba llena—, estaba sentado esperando la cena cuando la doncella anunció que Saft Tammie estaba haciendo un alboroto fuera porque ella no quería dejarlo entrar para verlo. Él estaba muy indignado, pero no le gustaba que la doncella pensase que le tenía miedo al asunto y le dijo que lo trajera. Tammie entró, caminando más bruscamente que nunca, con la cabeza alta y un aire de vigorosa decisión en los ojos, que por lo general estaban siempre gachos. En cuanto entró, dijo:

—He venido a verlo otra vez... otra vez, y ahí está, más quieto que una cacatúa en una percha. Bueno, vamos, ¡le perdono! Ponga atención a eso, ¡le perdono!

Y sin decir una palabra más, se volvió y salió de la casa, dejando al dueño en una indignación sin palabras.

Después de cenar, se decidió a hacer otra visita a las arenas movedizas, pero no reconocería ni ante sí mismo que estaba asustado de ir. Y así, a eso de las nueve, con todo el despliegue, fue a la playa y pasando por encima de las arenas se sentó en la falda de la roca cercana. La luna llena estaba detrás de él y su luz iluminaba la bahía de manera que su cerco de espuma, la oscura silueta del promontorio y los postes de las redes para el salmón estaban muy destacados. El brillante resplandor amarillo de las luces en las ventanas de Port Crooken y en las del distante castillo del terrateniente temblaba como las estrellas en el cielo. Se quedó sentado mucho tiempo y bebió en la belleza de ese escenario, y su alma sintió una paz que no había conocido en muchos días. Todas las pequeñeces, las molestias y los tontos miedos de las pasadas semanas se habían borrado, y una nueva y santa calma había ocupado el lugar vacante. En ese humor dulce y solemne revisó con calma sus últimos actos, y se sintió avergonzado de sí mismo por su vanidad y por la obstinación que la siguió. Y allí y en ese momento decidió que la actual sería la última vez que llevaría el traje que lo había separado de aquellos a quienes amaba y que le había causado tantas horas y días de disgusto, irritación y sufrimiento.

Pero en cuanto llegó a esa conclusión, habló otra voz dentro de él que burlonamente le preguntó si tendría la oportunidad de ponerse el traje otra vez, que era demasiado tarde, que había escogido el rumbo y que ahora tendría que seguir con el problema.

«No es demasiado tarde», dijo la rápida respuesta de su mejor yo y, lleno con ese pensamiento, se levantó para ir a casa y desvestirse enseguida de lo que ahora era un traje aborrecible. Hizo una pausa para echar una mirada al maravilloso escenario. La luz era pálida y delicada, suavizaba cada contorno de las rocas, los árboles y los tejados de las casas; hacía más profundas las sombras, de un negro aterciopelado, e iluminaba como con una llama pálida la marea ascendente, que ahora se arrastraba como un fleco sobre el llano desierto de arena. Entonces se alejó de la roca y se encaminó a la orilla.

Pero al hacerlo, un terrible espasmo de horror lo sacudió, y por un momento la sangre que subía corriendo a su cabeza apagó toda la luz de la luna llena. Una vez más vio la fatídica imagen de sí mismo moviéndose más allá de las arenas movedizas desde la roca opuesta a la orilla. El impacto fue mucho mayor por el contraste con el rato de paz que acababa de disfrutar y prácticamente lo paralizó en todo sentido. Se detuvo y observó la fatídica visión y las arrugadas y gateantes arenas movedizas, que se retorcían y ansiaban algo que había entremedias. Esta vez no podía haber error, porque, aunque desde atrás la luna dejaba en sombras, pudo ver allí las mismas mejillas afeitadas como las suyas, y el pequeño bigote rechoncho que le había crecido en unas semanas. La luz hacía destacar la brillante tela escocesa y la pluma del águila. Hasta el espacio calvo de uno de los lados del gorro de Glengarry relucía, igual que hacían el broche de cuarzo ahumado en el hombro y los botones de plata. Al mirar notó que sus pies se hundían ligeramente, pues todavía estaba cerca del borde del cinturón de arenas movedizas, y dio un paso atrás. Al hacerlo, la otra figura dio un paso adelante, de modo que se mantuvo el espacio que había entre ellos.

Los dos se quedaron mirándose el uno al otro, como si estuvieran en alguna extraña fascinación y, con el correr apresurado de la sangre por su cerebro, Markam oyó las palabras de la profecía: «Encuéntrate contigo mismo cara a cara, y arrepiéntete antes de que las arenas movedizas te traguen». Él estaba cara a cara consigo mismo, se había arrepentido, ¡y ahora se estaba hundiendo en las arenas movedizas! ¡El aviso y la profecía estaban haciéndose realidad!

Por encima de él chillaban las gaviotas, dando vueltas alrededor de la periferia de la marea ascendente, y como el ruido era enteramente mortal, lo trajo de nuevo a sí mismo. En ese instante dio unos cuantos pasos rápidos hacia atrás, porque hasta ahora sólo sus pies se habían mezclado con la arena blanda. Al hacerlo, la otra figura dio pasos hacia adelante, y al haber llegado al alcance del agarre mortal de las arenas movedizas, empezó a hundirse. Para Markam era como si se mirase a sí mismo descendiendo hacia su perdición, y en ese instante la angustia de su corazón encontró una salida en un grito terrible. En ese mismo instante hubo un grito terrible de la otra figura, y cuando Markam lanzó sus manos hacia arriba, la figura hizo lo mismo. Con ojos llenos de horror se vio sumergirse más profundamente en las arenas movedizas, y entonces, impulsado por un poder que no conocía, volvió a avanzar hacia las arenas para encontrarse con su destino. Pero cuando su pie más adelantado empezó a hundirse, oyó otra vez los chillidos de las gaviotas, que restauraron sus facultades entumecidas. Con un poderoso esfuerzo, sacó el pie fuera de la arena que lo había agarrado, dejándose atrás el zapato, y luego se volvió de puro terror y salió corriendo de aquel lugar, sin detenerse hasta que su respiración y sus fuerzas le fallaron, y se hundió medio desvanecido en el sendero de hierba que recorría los médanos.

Arthur Markam se decidió a no decirle a su familia su terrible aventura, al menos hasta el momento que fuese completamente dueño de sí mismo. Ahora que aquel doble fatídico —su otro yo— había sido tragado en las arenas movedizas, sintió algo de su antigua tranquilidad.

Aquella noche durmió profundamente y no soñó nada en absoluto, y por la mañana estaba bastante como su viejo yo. Realmente parecía como si su yo más nuevo y peor hubiese desaparecido para siempre, y muy extrañamente Saft Tammie estaba ausente de su puerta esa mañana y no volvió a aparecer por allí, sino que se quedó sentado en su viejo sitio mirando al vacío con ojos apagados, como era su vieja costumbre. Conforme a su decisión, no volvió a llevar su traje de las Tierras Altas, y una tarde hizo un paquete, con la espada, la daga, el *kilt* y todo lo demás, se lo llevó en secreto con él y lo arrojó a las arenas movedizas. Con una sensación de intenso placer lo vio tragado por debajo de la arena, que se cerró por encima con una suavidad de mármol. Entonces fue a casa y anunció alegremente a su familia, que estaba reunida para las oraciones de la tarde:

—Bueno, queridos, os alegrará saber que he abandonado la idea de llevar el traje de las Tierras Altas. ¡Ahora veo el vanidoso viejo insensato que era y lo ridículo que me hacía a mí mismo!

«¿Dónde está, padre?», preguntó una de las muchachas, que deseaba decir algo de modo que ese anuncio de sacrificio propio de su padre no pasara en un silencio absoluto. Él dio su respuesta de una manera tan dulce, que la muchacha se levantó de su asiento, se acercó a él y lo besó. Era esta:

—¡En las arenas movedizas, querida! Y espero que mi yo peor esté enterrado allí junto con él... ¡para siempre!

El resto del verano se pasó en Crooken con deleite por toda la familia, y a su regreso a la gran ciudad el señor Markam casi se había olvidado de todo el incidente de las arenas movedizas y de todo lo que se relacionaba con él. Un día recibió una carta del establecimiento MacCallum More que lo hizo pensar mucho, aunque no le dijo nada de ella a su familia, y por ciertas razones la dejó sin contestar. Aquella carta decía lo siguiente:

Compañía MacCallum More y Roderick MacDhu.

Mercado de ropa y tela escocesa de pura lana.

Copthall Court, E.C.

30 de septiembre de 1892.

Estimado señor:

Confío que me perdone la libertad que me tomo al escribirle, pero estoy deseoso de hacer una investigación y me han informado de que ha estado usted pasando una temporada durante el verano en la comarca de Aberdeenshire, en Escocia. Mi socio, el señor Roderick MacDhu —tal como aparece por razones comerciales en nuestros encabezamientos de cartas y facturas, y en nuestros anuncios, pues su nombre real es Emmanuel Moses Marks, de Londres— ha ido a principios del mes pasado a Escocia por una gira, pero como sólo he tenido noticias suyas poco después de su marcha, estoy inquieto por temor de que le haya sucedido alguna desgracia. Como he sido incapaz de conseguir noticias de él al hacer todas las indagaciones que podía llevar a cabo, me atrevo a recurrir a usted. Su carta estaba escrita en un profundo abatimiento, y mencionaba que temía que hubiese caído sobre él una sentencia por desear aparecer como un escocés en suelo escocés, ya que una noche de luna llena, poco después de llegar, había visto su «fantasma». Era evidente que aludía al hecho de que antes de su marcha se había comprado un traje de las Tierras Altas parecido al que tuvimos el honor de suministrarle a usted y con el que estaba muy impresionado, como tal vez recuerde. Sin embargo, es posible que no se lo pusiera nunca, ya que, por lo que sé, él era reticente a ponérselo, e incluso llegó hasta a decirme que al principio sólo se atrevería a llevarlo muy tarde por la noche o muy temprano por la mañana, y sólo en lugares apartados, hasta el momento que se hubiese acostumbrado a él. Desgraciadamente, no me informó de su trayecto, así que estoy en una ignorancia completa de su paradero, y me atrevo a preguntarle a usted si ha visto o sabido de un traje de las Tierras Altas semejante al suyo que se haya visto en algún lugar del vecindario en el que se me ha dicho que usted ha comprado recientemente la finca que ocupaba temporalmente. No esperaré respuesta a esta carta a menos que pueda usted darme alguna información relacionada con mi amigo y socio, de modo que le ruego que no se tome la molestia de responder a menos que haya causa para ello. Me animo a pensar que él puede haber estado en su vecindario ya que, aunque su carta no está fechada, el sobre está marcado con el sello de «Yelon», que he averiguado que está en Aberdeenshire, y no lejos de los Mains de Crooken.

Tengo el honor de ser, estimado señor, muy respetuosamente suyo.

Joshua Sheeny Cohen Benjamin.
(De la compañía MacCallam More).

ÍNDICE